獻給知音們

獻給摯愛

鍾文音

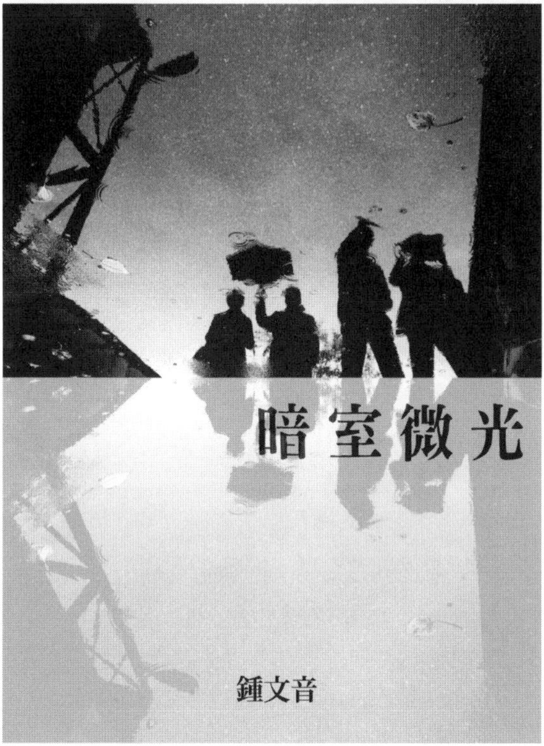

暗室微光

鍾文音

人在繁殖念頭
煩惱邏輯一下個煩惱.
有一天，人安靜了.
因為死亡，變得美麗

一個色在等待著我的應許之地
是不再輪迴
永劫不回歸

有一盞燈、在等著我的拇指、食指.
輕輕一拉、就拉開了燈的世界

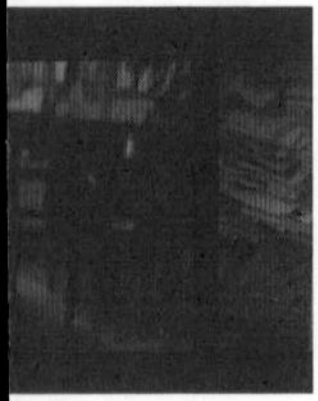

微光巨大
如寫字、真誠安祥磨出
靈幻奇亮的寶石.

我看待母親，如閱讀一本巨作小說.
但她不知道，她只擔心小說賣不賣錢

小說是夢幻的魔鬼，躲藏著天使的渴望。
就像童年，鎖在母親的那只邪惡之包。
就像黑心，吞噬思想的一切
生活繼續，影子經過
製造噪音，或者沉默。
被年歲催熟的臉孔，
剝奪時間的座標。

我在寫作的去路看見了
哀愁的旅程，
和我心中所擁有的良善。
或者惡意，同行前進

沸騰的大雨，洗刷樹的身體。
值得我尊敬的死者
顯靈在書本的每一句話裏。

她說
相片怎麼能拍得到我的力量。
我比影中人強大，只是
是佛的好孩子。
我忍淚流淌滿面起來，
在我厚厚的懺悔簿裏。

~~對創作的態度~~

對生活的豐贍，可憎可愛的全盤納入。
非同的孤獨，不仁慈的出走 —
有些人不適合創作，不是因為沒有才華，
而是因為他怕自體燃燒，
只適合隔岸觀火。

進入想像的宮殿，學問的曠野深處 —
我很富有，像爬上千山之巔，神祕莊嚴 —。

黃昏暮靄，我的夜等著降下華麗帷幕。
我的夜，我寫作的美好時光
連梧桐、流水都美 —
與月亮同進退的人，時間和世界遺忘
火燒明鏡，直見菩提。

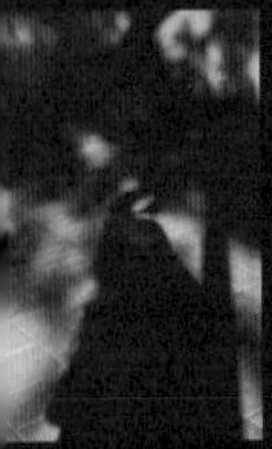

她總是有辦法摧毀我的一天
但她並不知道自己的能力—

寫作前，我是先看見圖像，
描寫、敘事都是很後來的事了。

看不見自己的故事，但我看見許多畫面，
在圍繞著迷霧，現前，
生命中不那麼閃亮的時刻
也被標記下來—、因為風格之需要。
信仰—
藝術是整個人格的事
甚於這，就成了悲劇人物

憐憫可以誘發愛情，
但不可能是激情，激情是放煙火，一次性的

我一旦寫作就把自己的傷疤反覆檢視。

我不會有肉身的子嗣，但我有神聖的寫作子嗣
依—

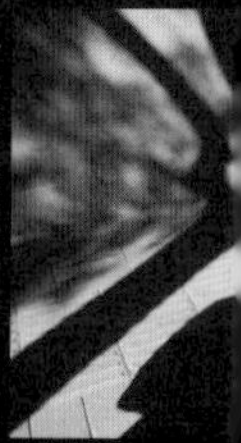

Contents

目錄

壹：日落書房

貳：影像詩語

參：我走過的靈魂私房

肆：我的暗室微光

壹：日落書房

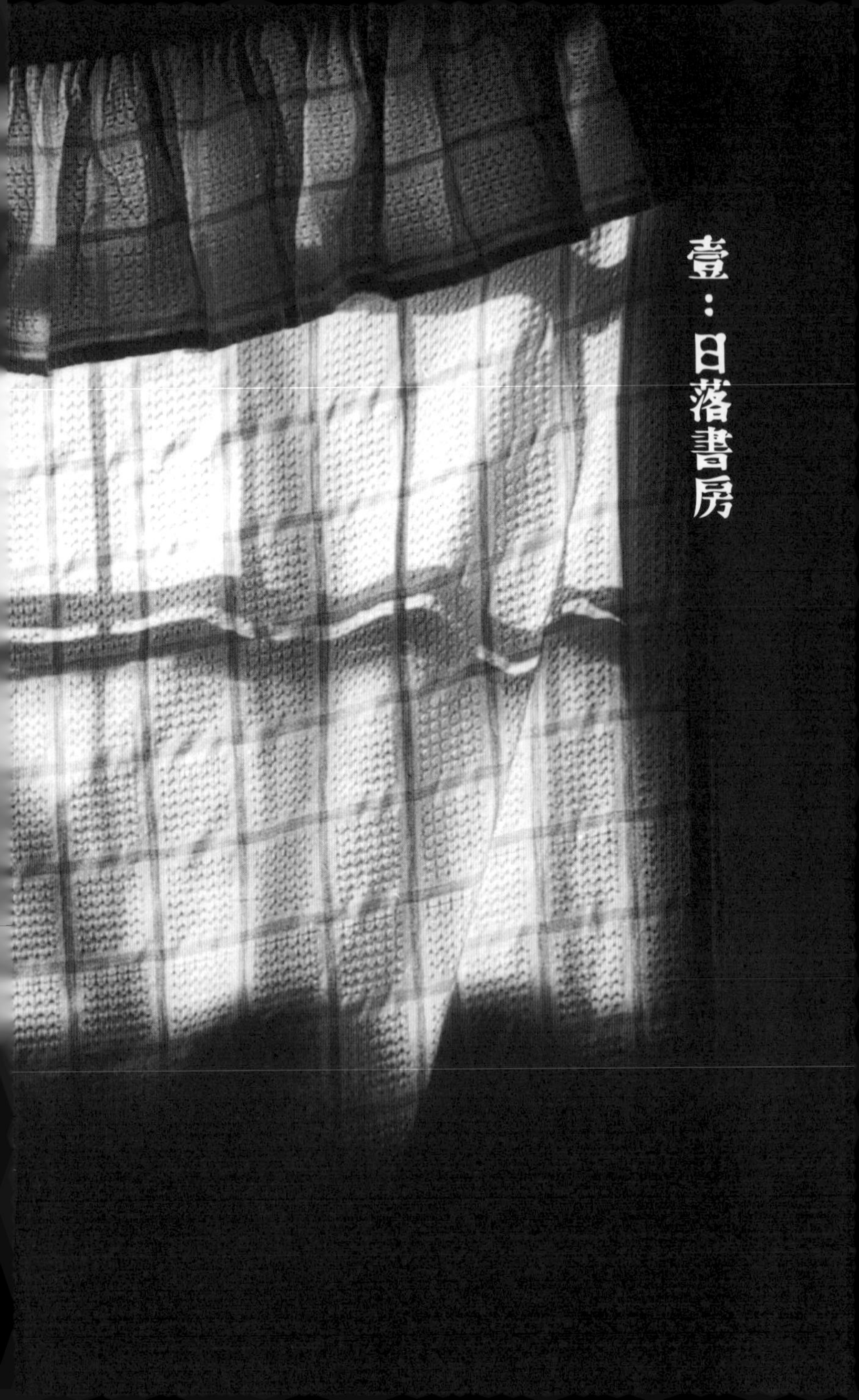

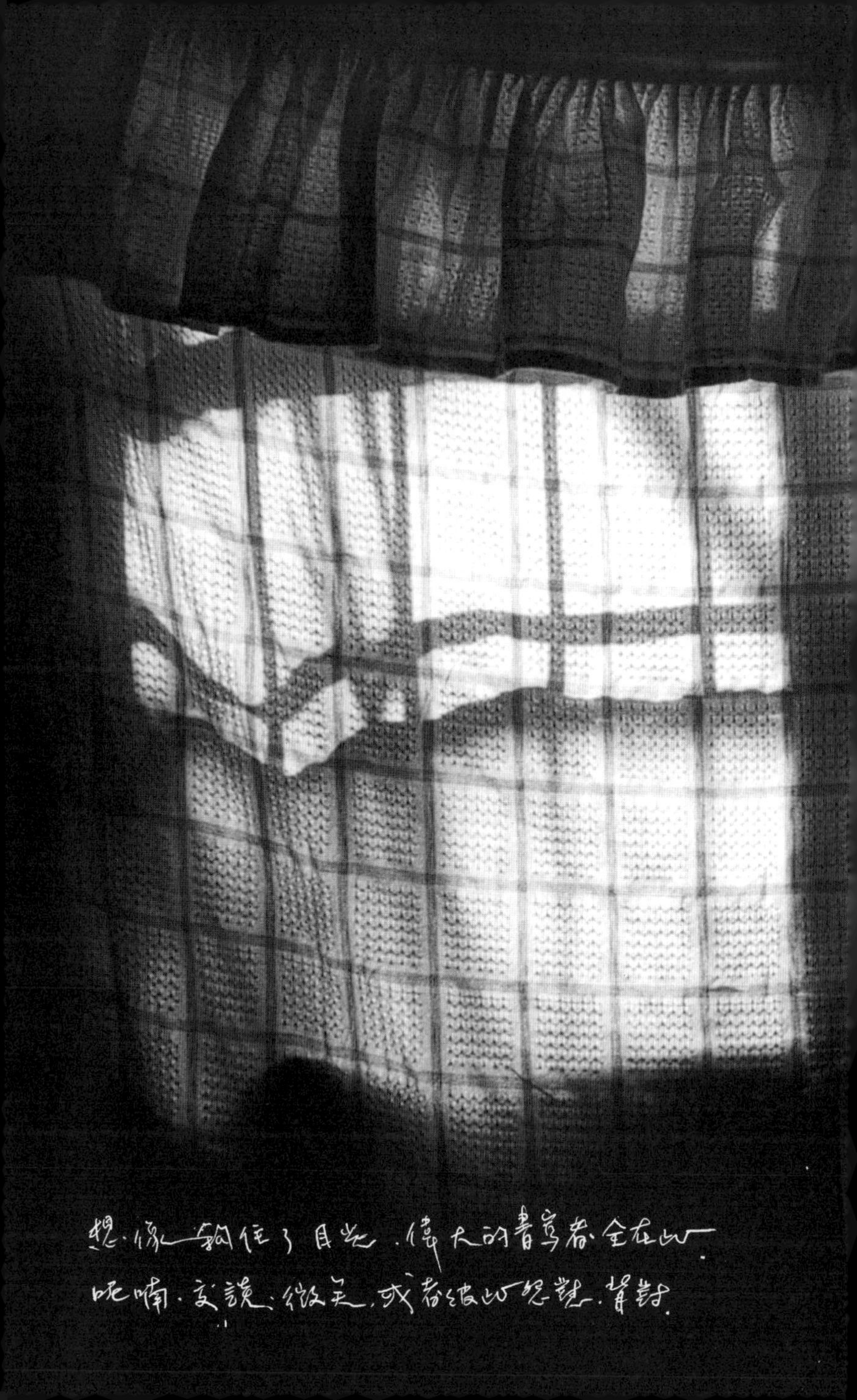
想像網住了目光，偉大的書寫者全在此。
呢喃、交談、微笑，或者彼此怨懟、背對。

躲在黑洞是我的天賦

在黑洞裡的孤獨是那麼的熟悉，除了閱讀與書寫，也許我不需要別的慰藉了。

在我熟悉的地方我就會放鬆，我的窩是我最熟悉之處，所以在家都很放鬆（只要不被感情的黑雲籠罩）。書房是躲藏的必要洞穴。在這黑洞，彷彿躲藏著死神那快感的臉孔。「深處在一個洞穴之中，身處在一個洞穴之底，身處幾乎完全的孤獨之中，這時，你會發現寫作會拯救你。」「買房子導致了瘋狂的寫作，它好像是火山爆發。」空間對莒哈絲產生如此巨大效用。房子給予她安全感，可供逃亡安身的居所對她無比的重要。

我這幾年才知道爲什麼我在我的家（必須是我一個人的家，不能是母親啦或是哥哥之類者的家）能夠放鬆的原因，

因爲我的窩包含我個性的兩極：極冷與極熱，極淨與極亂。我很怕去缺少人味或者是有潔癖者的家，然而也很畏懼去充滿隔夜食物餿味或者堆疊遺棄物的豬窩。但我認爲家應該有個地方是可以亂置物品的，哪怕是書籍堆到快倒塌了，我的書房就是呈現這樣的精神戰後亂象，我坐在書房的椅子上幾乎全面被書牆團團圍住，亂丟的感覺很好。然而我的客廳卻總是十分整潔有序，當我從亂城步出時，我渴望進入客廳的安逸秩序。我需要二者的平衡才能感到放鬆與自在，就像我喜歡的人都有一種絕對（很有個性），在絕對裡卻對人性有很寬的空間，包容從亂到序、從髒到淨。

我的窩雌雄同體，我很自在，想亂（各種亂，思想的心情的……）就進入書房。想序（各種序，身體的精神的……）就來到客廳。客廳家具都是木頭的，有一些從家鄉搬上來，阿公阿嬤坐過的板凳特別溫貼著我的身體。客廳還有一張綠色絨布面的海派式單人沙發，銅飾木箱，雕飾著花鳥魚獸的木櫃（我阿公曾經從這個抽屜拿出許多的日本銅板要我去買糖果吃，他忘了他不活在那個年代了）。……，客廳充斥著懷舊風格，讓心似乎顯得容易沉澱些。

客廳牆上懸掛著我的畫作，是我自己的畫廊。

還有白瓷觀音菩薩端坐一方，慈眉善目地伴我經年。

客廳是我放鬆之地，放鬆到我有時會像個老太婆竟然在沙發椅上打起盹來，甚至還做了個眠夢或者還溢出了點口水。

能讓我放鬆的空間也通常具備人工與自然並備。我常以為人不獨需索自然才能放鬆（大聲宣說返回自然者其實常常是帶著人工進入自然，當他們登山時，當他們賞鳥時，他們戴著如大砲的攝影器材，他們戴著高倍數的望遠鏡，他們吃著罐頭煮著麵條……誰能拒絕人工？），而我是沒有人工物品也是無法放鬆的人。好比一早我需索咖啡香氣，好比入晚我想要品一盅茶，這都得藉助人工（一早沒有聞到蒸汽呼呼煮出的咖啡香好像整個世界都陰黑了）。

然完全人工的地方又非吾心能放鬆之地。

我的心啊，很麻煩。

麻煩的心想要放鬆得有高劑量的撫慰品，好比純粹沒有負擔的愛，好比可以和我精神對話的書或伴侶，好比可以完全浸淫在自然美景……

我的心需索在人工中要有自然，在自然中要有人工（就好像我需索戀人最好分別住在兩個地方，若住在一起我就無法放鬆，也就是說，我的放鬆方式不是單一的幸福給予，而是必須有我高度自主權所參與的方式才有可能。此或者又是個性洄游的兩端）。

也因此我既需討相聚的愛，卻也需索相思的距離。

若要邊界出我的放鬆模式，即是我所處的空間必須具有人造物質的撫慰，卻又

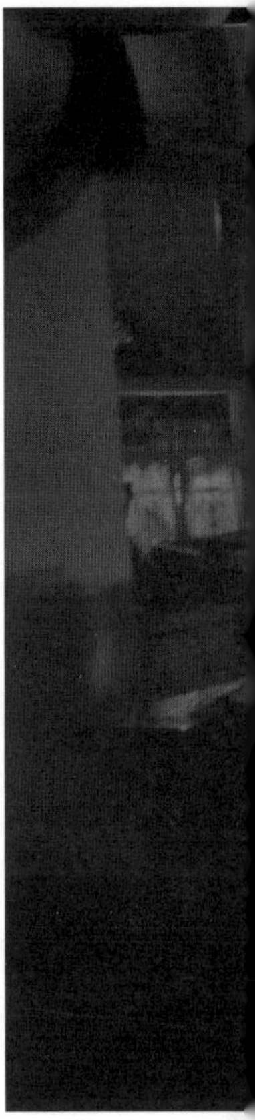

不能缺少自然美景的全盤犒賞。

於是，我的窩內部有華麗物質世界供我取用，但就在幾步遠的前方即是姿態成排的榕樹與不斷潮來潮往的河水流淌。

看景，聽潮汐音，如此即是放鬆。看潮汐，懂進退；觀葉落，懂無常。我的窩上午可見到十姊妹飛過窗前，白鷺鷥掠過水面。若想看更遠更遠的遠方，就往河岸走。散步是放鬆良方，散步是邀請繆思來到心房的可喜途徑。

世界很大，我的步履行得很遠，在國際換日線的每個落日裡，我總是想要回家，回到我的世界——我的窩，在我的美麗陵寢安歇，此即我的百憂解。

「她追求寧靜而不可得，卻在這屋子裡透過對靈魂執拗的呼喚，使記憶中的事物具象出現，它們就像活人在她隱居的屋內行走，反使她得到了平靜。」在這間屋子，好像靈魂也長手長腳似的，在靜默裡，靈魂喧嘩。

黑洞裡的還魂家具

在台北幾乎沒買過什麼家具，不是撿來，就是親朋好友相送，格調不一，所以我需要很多布，利用布來遮掩它們不諧的基調。或是得爲它們改頭換面，刮掉一層油漆皮膚，換掉塑膠外衣，增長一些腿的高度、安裝一個可以撐住的背脊……

別人望河水是專心釣魚，我梭巡著河面是爲了等待漂流物。漂流物常年吸吮著騷動不安的河水，陳年的木頭在陽光下散著沉香，一些生物從木面往四周逃生，我坐看良久，我喜愛物體有歷史厚重的時間維度。

以前在台北偶爾還能撿到放在路邊的一些好家具，台北有錢人多，遺棄的家具雖然品味不足，但我看中的是結構，結構好，改裝後還可以加分。

拾荒家具，棄守台北。住的八里倒偶有好家具置於路旁。有時晚上失眠即開著車沿著海岸線的公路上開去，東望西巡的，讓我注目的物件自然會和我說話，它們自有自己被歸屬於誰的命運。

心情沮喪時，卻通常會撿到好東西。

一張斷一條腿的貴妃躺椅，就這樣被我扛進後車廂。就在我繞回八里時，路旁擱置著讓我眼睛發亮的雕花木頭。夜裡像小偷似的，貨車的大燈駛著蠻橫的速度從我的身後打上來，夜的孤寂，一個失眠人像突然邂逅了路邊的一樁愛情般，我的臉上帶著微笑。

清洗，再清洗。上等的陳年木頭透著約有百年的身世，我想像它的前生應該是在幽歡的客堂，它木頭的樸實中隱含著濃濃的媚態。

當我從紐約要回台北時，決定搬回兩張拾來的鐵椅，只因我對這兩張鐵椅有高度情感。鋼鐵焊燒的全身骨架，配著古典咖啡的椅面，高度恰好和書桌契合，我坐其上時手彎節可以適中地掛在桌沿上；又那美麗的弧線是它讓我注目之因：鐵骨雕花從椅背到椅腳一體成形。我往後一靠正好椅背完全承載我的全身脊椎，椅面柔軟又夠寬，可以很舒適地讓我疲累時搖擺著臀。它夠厚重又不太重，分量恰恰好是一張好椅子該具有的結構身段以及內涵。

冰冷的鋼鐵鏤空雕花配上古典暖系的厚墊，恰是我喜歡的古典與現代融合，冰冷與火熱同源。完全民藝風格或是完全現代感的家具我亦不喜，特別是全組全套的家具我特別不愛，我逛家具店看到整組皮沙發、大理石椅或是床頭櫃酒櫃等物體時還會有一種急於想逃離之感。老實說，那件拾來的純木工貴妃躺椅，我就很想在木頭鏤空的部分上嵌進一些琉璃或透明材質之類的現代感元素。我覺得最好的物件風格應該是內斂的，也就是說連品味風格都不要太彰顯。

若選擇傳家家具，這張紐約鐵椅該可列在遺書裡吧。每件家具感染著主人的氣味與愛欲，我死了，我確定它們還在現世流浪。

偏執的時光追憶者

作家大都是偏執的時光追憶者，追憶逝水年華尤甚，普魯斯特以十五年編織七大冊，以鉅細靡遺的記憶來打造時光巨廈，每個時間沙漏都成了生活點滴。

我的時間不是從臉上的皺紋消失的，時間是從指尖流失的。每一個字在時間中落筆，然後又被時光返魂拾起。我曾以十年的時間寫信給在天堂的朋友，一年寫一封信，在他的祭日。如此堅持的追憶，才換來他的離去。原來我追憶人，不是爲了留住他，而是爲了讓他走得徹底。

第一年他和我恍如同體。第二年他依然形影不離。第三年他音容宛在。第四年他如夏日花朵。第五年他如島嶼海岸。第六年他如秋天落葉。第七年他如在夢中。第八年他在彼岸光陰。第九年他在幽冥之

界。第十年他是掛在牆上的相片。

十年光陰，他才成了一紙相片。

偏執的時光追憶者，時光不在傾場的東區聯合報大樓、不在愛摩兒汽車旅館、不在花蓮十一線道、不在花神咖啡館、不在艾菲爾鐵塔、不在紐約歌劇魅影、不在斐濟藍色大海、不在大溪地草裙舞、不在埃及金字塔、不在威尼斯嘆息橋、不在聖馬可廣場、不在希臘百年咖啡館、不在京都哲學大道、不在桂林甲山水、不在上海霞飛路……時光不在我們吵架或吐出愛語的無數座標。

偏執的時光追憶者，時光在其指尖，從指尖敲出的詞語，就是時光歷歷的指證。

懷念從指尖流逝，我記得他說的一句

話：「我縱使走開一時，但不會離開長久的。」相片裡的他，面向太平洋，滔滔逝水，帶走他的此岸光陰，卻讓我遙想彼岸光陰。如果人生不只是一次性，如果時間是沒有使用年限的，那麼我們還會這麼珍惜彼此的「有限肉身」嗎？有限裡，我們想要無限，這是人的大夢幻，在此夢幻裡我們超越。書寫者的時光超越，就是偏執地追憶與追索下去……然後擺脫。

在房間沉思

這是我的日落書房，日落捻亮燈與召靈之所。

書房一隅，行遍世界，我最愛的戀人絮語角落。

這是最美的窩之一，我行腳世界，身心安頓之所在。

只餘書寫。寫作，是妳的生活與生命，也可說是身心投入的全部。妳把自己和寫作全然地投入在這樣的全面性領域裡，義無反顧且有點不要命了。必須有死亡的才能。必須如野人般勞役，精神與肉體的雙重勞役。

死亡的才能，不是眞的死去，而是義無反顧的投入，不要命的投入，投入寫作的危險汪洋。妳不喜有些女人以寫作當作生活的點綴或是品味的來源，妳不認同寫作者一腳在生活一腳在寫作，妳認爲應該全盤投入。「一個作家不能喜歡不喜歡他的書的人，因爲作家在書中傾注了自己最眞實的東西。」妳說可以接受人們不贊同妳的電影，但絕不能忍受別人對妳的書有任何保留意見。難怪妳動輒和朋友決裂，孤僻又瘋狂的熱情是足以把誤闖禁地的他者給活活吞噬的。我喜愛妳這樣常常不要命的寫作與生活精神，對藝術文學和妳所投入的影像是那般地不顧性命的熱情與不妥協態度，每每讓我驚訝且愛上妳。身心全部投入！因爲太過稀罕了，所以即使有人不喜歡妳但也讓人不得不對妳刮目相看地產生一絲絲的沒來由好感。

再也沒有完整，如果有完整那是一種切割之後的完整。只有切割的完整可以代替義無反顧的完整，感情學會切割，事件學會切割。切割就是一種擺放安然的姿態，在擺放各式各樣的異質裡不會互相干擾混淆。我們的生命開始像盒中盒，一層又一層的多寶格，密室中的密室。別人既無力打開，我們也不準備打開。或者全盤交出，或者收山入林。

就是世故到要保護自己了。保護自己其實也在保護他人。我們都不再是荒漠渴望甘泉般地引領企盼著愛神，我們本身既是荒漠也是甘泉。我們在愛情海裡學會放生。我們在寫作裡學會鍛鍊靈魂深度。比海上搏鬥漁夫更激情，比刺血抄經僧侶更入世。

寫作的此刻，我把昨日的一切記起；又把昨日的一切遺忘。

直到一切不留，無可記憶。

MARGUERITE DURAS
廣島之戀

天暗未暗
光影皺褶

「他們把公寓注滿了深達兩噚的金光，像溫馴的鯊魚在床鋪等家具底下潛游，從光流底部打撈出不少幾年來迷失在黑暗的東西。」咀嚼這文字，如呑魔幻靈丹。

有太多時候，天暗未暗，一種光陰的交接，勾動了創作者感嘆穿透於時間交替的片刻，這片刻稍縱即逝。如日日處中陰，幽冥界策馬入室來。心靈篝火起了又滅，我忽羊忽狼。街上的燈火已經扭亮且在窗外的風中搖搖曳曳了，我們瞬間又老了。

屋內的風景如蟄居者的生活視界。唯玻璃還是玻璃，作爲一個映射體，玻璃窗如帷幕，人們居其中，淡出淡入，幽幽已老。明鏡還是明鏡，塵埃還是塵埃，但

是我們自問消失的是什麼？留下的又是什麼？在滔滔歷史裡，要去逐浪嗎？那不堪一擊的現實浪頭何須我們的獻身？這世界已然頹敗，創作者於是自我蟄居，唯此唯此是極樂啊。藝術者的良知宛如是一群良善的鴿子，就是斷翅也要發出嗚嗚幽鳴，在自我的房間裡低徊低徊，只爲完成一頁篇章一個畫面一曲心事。爲艱困的生活注入一絲可能的慰藉與溫暖，即使這溫暖的慰藉已看似老調，但世界橫征暴斂又何能給予我們什麼？這世界的變與不變也早已是這個模樣了。

魔術時間，就像創作者的生命，燦麗如花也短暫如光之殞滅。魔術時間是創作者的明亮與幽冥的交界，最美的也最難捕捉，最美的也最隱晦，最美的也最快消失，有如靈魂一滴光的黎明藍色天光總是消失於一瞬。

淡淡的憂愁與寂寞，述說著一種光陰流逝的凝視之美。是誰在窗邊？是這個創作者在提筆，抹上光影的哀嘆油彩。生命的意義於她是透過宛如攝影照片的多重曝光，所展現的多重折射與隱喻，凝視的同時，其實也宣告時光一去不返的美麗與哀愁。

請讓我留在屋內凝視窗景，因爲這樣的光影，讓人不捨離去。

我蟄居時我打開我的心，我移動時我關閉我的眼，你離去時我才記憶你。

時空場景交錯貫穿在窗邊的時光流域裡，畫面導入了一個藝術家的生活片段史，讓人逼視自我的流動潛質，恆是暗暗地，緩緩地，像烙在生活肉身的印痕，這印痕你看見了嗎？如玫瑰的多重花瓣，如時光的光影皺褶，我們拓印前進，低徊再三終成調。

打開一本書就是進入漫漫長夜

「下午三點她房間的百葉窗關著，朦朦朧朧保留了密林的涼快與寂靜，正是大哭一場的好地方。」……「然後她換上了寬鬆的睡袍，唸了十三次的佛經，祈求十三個因她而死的人靈魂能得到永遠的安息。……一共有十三個人，男男女女，看來都差不多；個個很美，臀部窄窄的眼睛細細的，留一頭金棕色的長髮，很難分辨誰是誰。」指向了一種隱含著詩味的虛妄性，這也是馬奎斯小說裡詩寓言的誘惑，我日日受這誘惑而清醒，失眠。

打開一本書，即進入漫漫長夜；進入一個房間，瞭解一個人最幽微的小宇宙。

我的房子是「一個家，兩個世界」，這是我喜歡的兩極基調，這個兩端一直貫徹在我的許多部分，生活上的，感情上

的，衣著上的……甚至創作上的要求。

我的白天與黑夜。

寫作時，多是要待在暗無天日的書房，只有紙頁發亮之地。太過明亮是失眞的，反而在黑暗時意念無所遁形。我必須在很暗很暗的地方寫作，只要一盞昏黃的小燈就好。也不能一塵不染，太乾淨的空間反而寫不太下去。空間要有點亂，才有安全感。一般強調的整齊收納，在我的書房變成一文不値。不喜歡把書收進那種有櫃門的書櫃裡，看不到書，外表雖很整齊，但我想，大概一輩子都不會再去看那些書了吧！

不寫作時，喜歡過著明亮開朗的日子，要非常乾淨且空曠，有美麗河景眺望。有回在書房裡寫稿寫到入魔，從低光

源的書房出關時，外面是好亮好亮的世界，剎那間如經歷兩世。但別看景色這麼美，美景是會反撲的，若是與自己相處的能力不強，反會覺得更加孤寂。剎那間從暗到亮，心裡有種奇幻悸動，如處輪迴中陰。

我的私房牆上地上床上都是書，被我帶上床的書是我的不變情人。

除了書架上已滿溢出來的書，地上桌上也堆著許多如小山似的文學血緣親人。書堆與書堆間還有畫作穿插著，空間裡唯一沒書的地方就是讓腳可行走的小徑。我徹底在書房裡被書魂包圍著，書就是我的愛，此愛無血。

貳：影像詩語

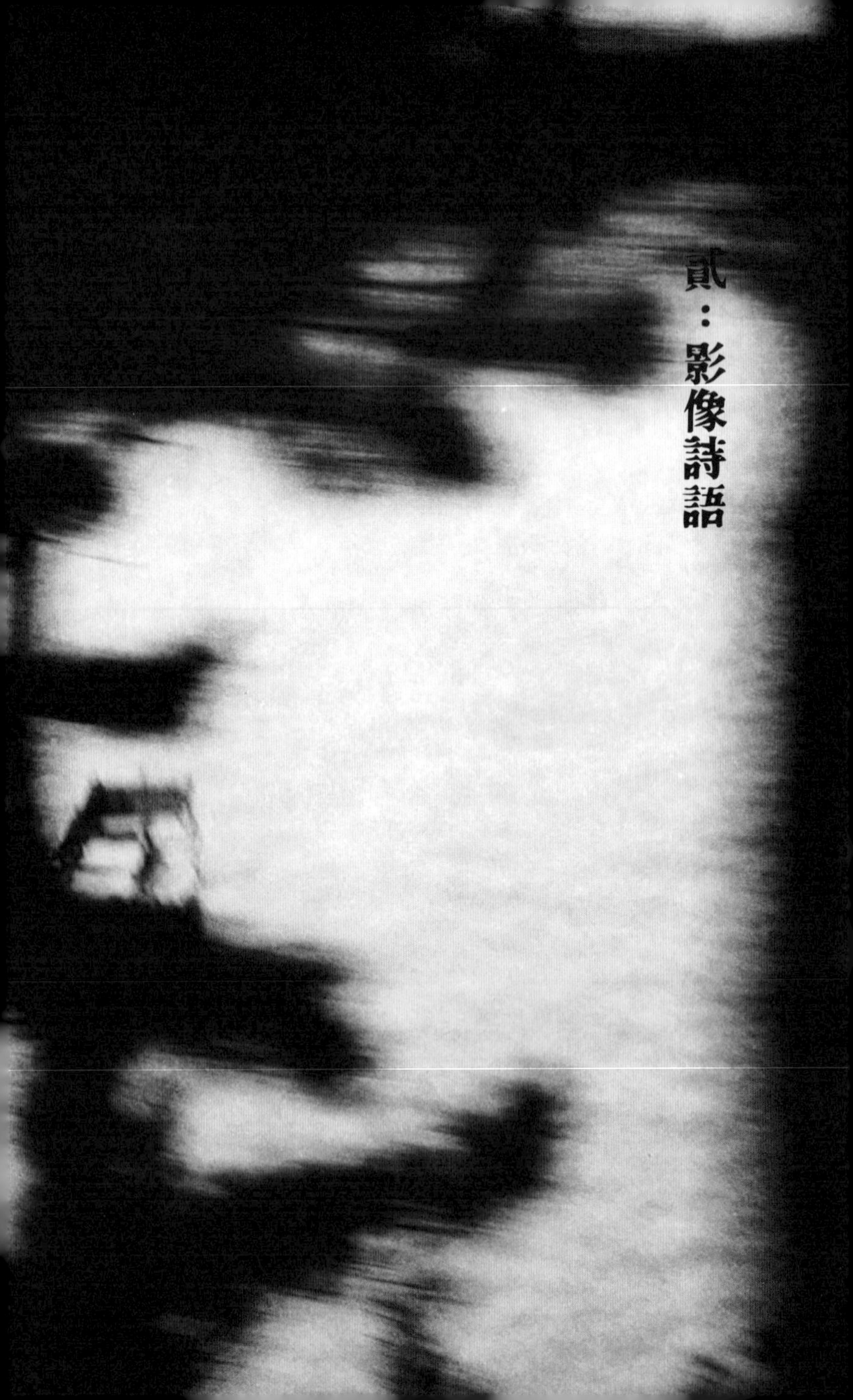

我對這世界熱情地說了許多話.
没義不没義地 大聲嚷. 直至啞了

我在暗房裏沖着亡者的肖像
他們都在我手中復活.

1

攝影，一直是我的抒情，我的詩語。
喜愛直覺式拍法，爲陽春相機找出口。

2

生活，對我而言，精采之處在於暗巷有更暗的暗巷，黑夜有更深的黑夜，角落有更曲折的角落，邊緣有更邊緣的邊緣。在角落裡的庶民營生感是我寫作目光常碇錨之處。
閱讀，是長途跋涉在由精神所統領的千山萬水，匍匐在幽微天地，我可以隱藏，也被療了傷。

3

閱讀時只有光線照亮書頁。在燈下讀書，空間暗淡，只有心眼和靈識被捻燃。

在黑暗中寫作。不是因爲喜歡黑暗，是因爲被黑暗包圍著，思緒也就被繆思欽點，人變得專注。作家無法暢談正在寫的作品，因爲它是屬於正在言說的黑暗之光……黑暗，被黑天使包圍的黑暗之心，在筆端的黑墨水裡悄悄穿透白紙現身。生之掙扎，愛之糾葛，慾之纏繞……因爲黑暗之心才寫作，因爲苦痛之慾才寫作，因爲疑惑寫作，因爲模糊寫作，因爲釐清而寫作，因爲轉化現實而寫作……

4

「過去」躺在心的房間裡，它的時間是多義的，有時被記憶之流截彎取直了，有時被遺棄了，然後又接回了。記憶，從來都不是單一口味的酒，它是成分總無法解析的調酒。

5

在這所房子裡我發現了寫作的激情。我終於有了安居的黑暗之所，可以在黑洞裡寫作。此時只想寫作，除了寫，不想做其他的事，即使是繪畫、攝影都將淪爲被遺忘的情人。

6

在這裡曾有過一隻貓，作家和貓那時都還年輕，性感，帶著糊塗的漂亮。人很迷人，貓也很迷人，作家寫字，貓撫摸字。作家的手稿總是有改過的痕跡歷歷，作家說即使我閉上眼睛，仍能感到手竭力地想寫得快，一點也不想忘記這一切。

7

我們的一切都有情慾的影子，人如果了無情慾，連認識人也可省略了。

8

突然我想起你，你說我的眼睛很美，很深邃。我想那是因爲我注目著你而美，因爲想你而深邃。只消看一眼就夠了。那是何等的一眼，我想著，那一眼已直入事物的深邃核心，否則怎麼能夠隨時在書寫時取之不盡。

9

像是一個心都老透了的失眠小說家，她佇立在夢的暗房邊緣，洗著永遠不會顯影的生活底片，她只是像慾望之翼的天使，了然於心這暗巷的哀歡，這些宛如碎片的小故事更像是流動的午夜夢風景，相逢的人說著話，然後又離開了。離開了，又回來了。

10

小說家化身成透徹人心的魔術師，篇篇短而精，如一幕幕可連續可不連續的影像，跳接過去與跳接現在，跳接虛幻與跳接現實。她試著用不著痕跡的如詩文字勾招我們一同進入她的夢境，夢裡一盞魔術的燈影閃爍，欲寐不寐，我在何方？

欲寐不寐，我在何方？

在夢的時間伏流，我打撈到自己的童年，那破碎的洋娃娃紅洋裝衣角、我打撈到自我的沉溺與追悼往事的焦慮語言、我打撈到一張停格在情人彈鋼琴的修長雙手影像、我打撈到我年輕時的戀人胴體躺臥的那張紗帳白床、我打撈到那年長我甚多的年老情人已經行將就木、我打撈到父親哀傷縱慾過度的眼神……

而其實，我只打撈到自己與自己重疊的幻影，我的心跳我的性愛我的怯懦我的不捨……

11

任何藝術一旦成爲「圈子」就會掉入一種「關係」往來的酬庸，這似乎是自古即是。這時我發現陷在書房圍城竟是如此幸福。我不花太多時間待在牆外，牆外的氣氛有時使我過敏。但我表面又是一個可以融入的人，我心裡清楚自己是「融入而不亂」。所以我總是可以很快地從牆外進入牆內，或從牆內攀到牆外。牆內擠著許多書魂，牆外人影幢幢，但我也常一個人影兒也沒碰撞到，我只是如貓地穿越，看著走著，和人影錯身。

12

在八里的房子裡我常眺望河水，這裡就是我一生的孤獨象徵。這種孤獨始終是渲染在白紙上，直到作品完成前，旁人無法分享。女作家說一個形單影隻的人已患上某種瘋病，因爲沒有任何東西能使他不自言自語……我在這裡自言自語，自說自畫。

13

一條路，可以是根圓木、一塊大石頭、一輛車，或是一隻友善的狗……小人物可敬的尊嚴：「不欲成爲什麼」，茶孃、送報人、李仔阿媽、查某黎、怪老頭、少年日本兵……故事當然蒼涼，然卻沒有刻意訴之的悲情，只如淡水河水般悠悠淌淌，就像庶民美術之素樸直接原創，故事既來自於小人物，也當還諸於他們所擁抱的天地。

14

在夢的土地之上與天空之下，我的腸胃穿出日常呑嚥的穢泥，嘔吐出一朵純潔的白花，她的名字叫雅歌塔。「什麼時候我們才能停止哭泣，停止爲我們的死亡復仇？我生命中許多不堪回首的畫面，如夢境一般，越過我的眼簾。我已不再感到痛苦。我會獨自一人，快樂而老態龍鍾地回家。你不必怕我，也不必怕巨輪。生命才是唯一會傷害你，會讓你感到害怕的東西。你對生命卻早已不感到陌生。我要你過來懇求我帶你走，我要你渴望我，需要我，喜歡我，呼喚我。那個時候，我就可以擁抱你，摟住你，讓你變成我的孩子，我的愛人，我的情人。我帶著你遠走高飛。」雅歌塔寫：「美洲獅嘆口氣說：『每一代都重複著同樣的場景。』牠將大頭低垂在前腳上，所有的建築物隨之倒塌。」

我可以清楚看見晚年的女作家陷入虛無之境的日常生活樣貌，她在屋子裡走動，沒有任何節奏，沒有任何約會，屋外的天色是她的時鐘，庭院的落葉是她的季節，有孩子的屋子是她的宇宙，而文字語言是她不願意多所琢磨努力的舊愛。活得像是極限主義，一種身心皆低調的狀態。她無法再多愛，她無法再多恨，她任憑一切懸宕在夢的時間河流裡，這是走過人世滄桑愛慾腐朽的老年雅歌塔，她那經典的惡童日記。

我但願我老了，不是雅歌塔，我但願還能愛，還有溫度。

15

存在與虛無，一面鏡子照出兩個容顏，虛無是無所事事的晃蕩還是畢生體現存在而終也僅餘的生命最後姿態？

16

我的影像就是我的腳程，折射我的直心所見。攝影也是我年輕的戀人。

17

憂鬱眼神如藍色海洋，孤僻而冷絕。梵谷一生畫過許多自畫像，這成了畫家的印記，他以生命撞擊畫布，直至燃燒起靈魂的大火。

18

瑪格麗特，這種花是白色的，記得人們說是告別之花，擺在案上，在寫作者的書寫面前，讓我有一種記憶的告別，我在寫一切存在的死屍，同樣，總是在寫愛情的木乃伊。

關於我的命運是什麼？是愛。唯有愛，可以牽引命運的動向。

注定或擦身，結合或背離。愛在永劫裡流浪，錯過愛後，仍有第二次的選擇？當代的愛情不復等待傾城即已自我毀滅，一座城市既不會因愛而傾毀，也不會因欲求不得而妄生妄死。我願意將愛的書寫碇錨在凡人通俗的日常裡，讓與命運擦身而過的人仍有萌芽希望。那些以驚人力氣活著的人，即使面對失去，仍有驚人的愛人力量。愛可抵抗人間這注定分離的命運，即使愛情客體已成木乃伊。

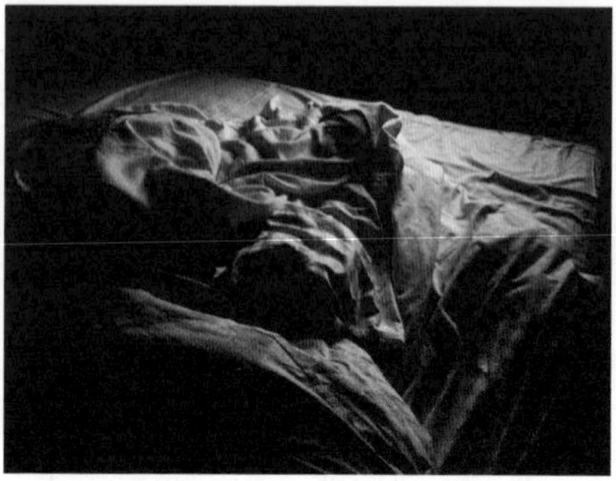

19

一生有一半在床。

有些女作家是繞著床寫色寫欲。當致命的沮喪突如來襲，那床有時候是一種解放的意味。

河水在夜裡如黑墨染缸，駐足黑水海岸久了，於是以潮騷以夜慾蘸墨寫下許多愛情小說，死亡與慾望纏繞不休的愛情際遇。

日子在黑暗中，盡其所能地狂暴。

20

耽溺自我圍城裡的情調，耽溺魔術光影的唯美眞理，耽溺景框的設限。覆轍的印子一再往內心地一路駛去，猶有未知的生命風景在前方召喚。我瞭解改變的時間到了，創作者自己會知道。

世界雖然持續誘惑與召喚，但屬於家是最好的，家裡的窗景已然幽幽爲我們折射各種外在的時光印記。

21

創作者的自畫像並非自戀，那其實是一種自殘。自我殘酷解剖，凝視殘缺，殘忍逼視人生與他者。這成了以生命為書寫的印記者，足以把外在眼光排除在外，只在乎是否有藉著創作成全自己的生命，這也讓創作者和沒有面孔的大衆區隔開來。

22

情人某也早已成了陌生的某人，然情人地標依在，情人夜晚的交纏飛沫像是飛蛾撲火地消殞無蹤。我們之間已經被時光機器作弄了些年，愛情未質變，但是際遇卻已無能為力再走下去。不再走動的愛情鐘擺，發生在另一座城市公園。

聯合報大樓消失了，且聽說是一磚一磚地敲掉。

我該如何說起這段感情，那些黑暗的那些不堪的，我都只能光明地轉化它的過往。

或者我得沉默。

23

阿拉伯式咖啡，飲畢杯底遺有可供卜卦命運的咖啡渣圖騰。而我的唇舌亦有沙沙之感，但眼睛卻讀不出我的未來。

24

「貓是一種最馴服，同時也是最野性的動物。」把貓改成愛情這句話也是通的。我想起了人們常形容貓是「道德彼岸的動物」，愛情何嘗不是呢？愛情在某些部分上和道德常是連不在一起的，愛情一旦落入道德和責任說，也就少了最原初的魅力與攝魂了，風不再流動，水不再長流；此時的愛情就宛如妙齡女子突然成了柴米油鹽、斤斤計較的婦人了，這時「愛情」還存在嗎？愛情笑著不語。

25

作品，自然會有它的際遇與命運，時間會幫它卡位與進階。

26

反射，像是米歇爾・傅柯的「邊緣力量」。

像是多重曝光的畫面，每一道光影的交錯都是一個時間點的再度曝光曝白。

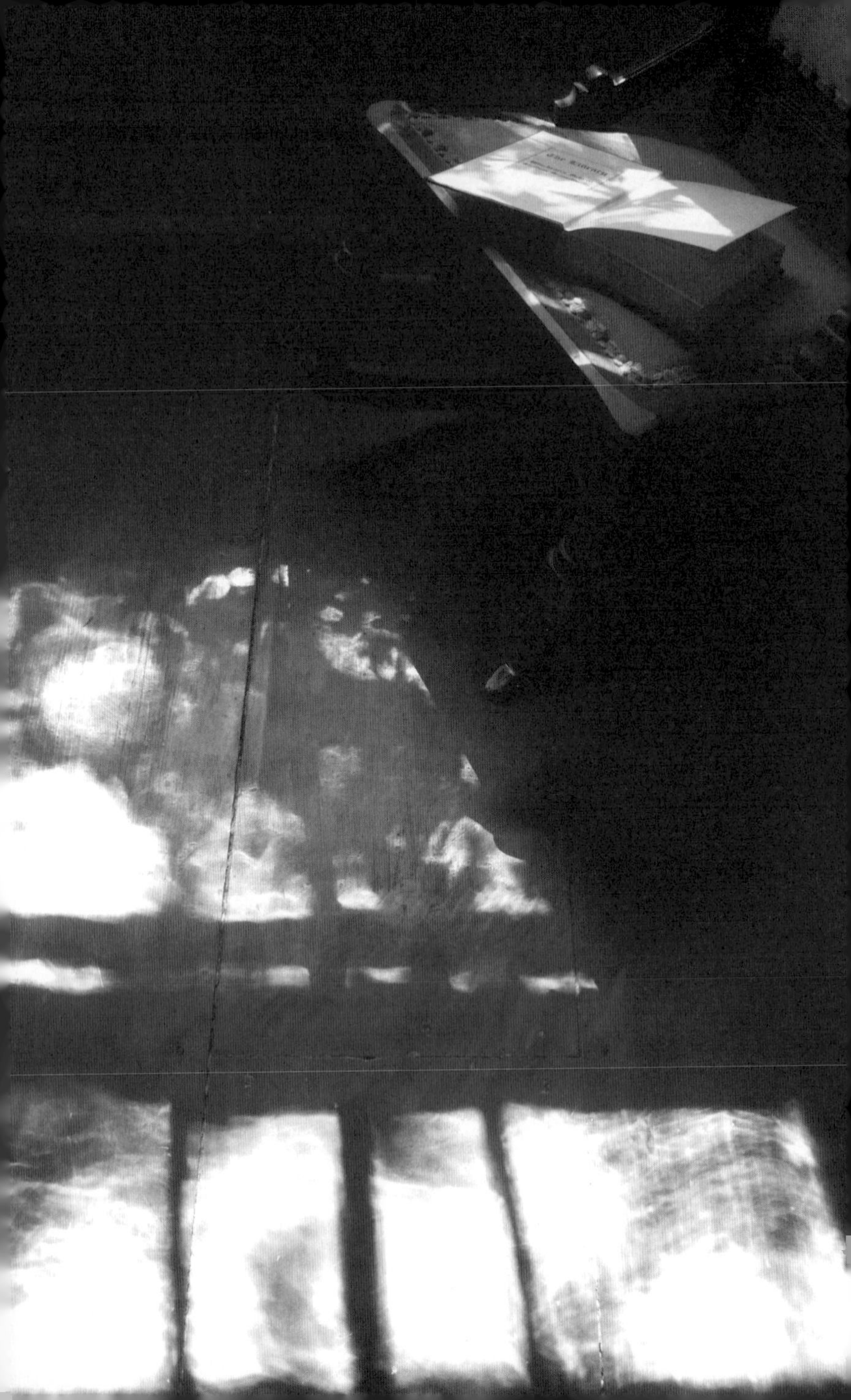

27

觀者在凝視光陰的流動時也顯現了內心的折射暗影。它讓人在觀看時跟著一起泅泳時光，且不斷地反覆自身。「也許，這個花園只存在於我們下垂眼皮的陰影裡，而我們從未停步。」接著，我又墮入另一種光陰的流蕩裡：「城外頭，大地綿延伸展，空空蕩蕩，直抵天際；長空開闊，白雲紛飛。機緣與風賦予雲朵各種形狀，你已經專注地在其中辨認形貌：一艘航行中的船、一隻手、一隻大象。……」卡爾維諾在垂下眼皮的陰影裡，我看到了那個凝結在窗邊的側面雕像恍然是「吳爾芙」，吳爾芙，一個凝結在女性與文學史的光華之名，悄悄地回到我的心裡。

28

愛情像是有著金粉熠熠的魔法，沾上了就得救了，離不開了，著魔了。但它也隨愛之客體的滿足與離去消亡。愛是某種天賦的能力，愛是引力，是精神投射，是生命原型的流轉……我們可以說出一堆關於愛情的文字，然而愛情最常排斥的卻是「眞實」。

於是愛情的喪鐘未敲，然死亡的墓碑已刻。追愛者不捨不棄，她繼續書寫：「所有的一切都扭曲變形，大的巨碩，小的超微。我的人生一片空白，因爲失去你。……從今而後，你斷然的離去已經成爲我的宿命，時間分秒逝去，生命就這麼一點一滴棄我而去。」寂寞暗夜，一場掠奪，因你而起。……因爲隨著我的消亡，她正輕哼著喜樂的歌吟。

29

齊克果以一個基督徒的省思搓摩著「愛」，於是心碎的哀號、執纏的關係、私慾的交歡、苦澀的別離竟就渺渺地漸行漸遠了。

花開總有花落時，齊克果最後以這樣的一種尋常態度來看待愛情。

人世當然最後都將終須一別，我想的是既是如此命定地走這一遭，那麼要如何才能認清愛的果實，如何才能參透那悲涼際遇背後的幻影重重，避免墜入情慾糾纏的苦楚卻又能不枉此生地歷歷行過呢？

30

太陽照不到的地方我屬於你。

情愛打開我的路，也封死我的路。死神降臨先有徵兆後有使命……創作常是過多的未竟多於已竟，情愛亦如是。人生是未竟多過已竟。

31

「我最喜歡晚上了，喜歡得一塌糊塗。」寺子說。而我每日所期待的就是天黑，天黑所吟唱的是一種幸福。就像愛情最美也就是在一些無法言說的模糊性。

32

「我才不需要去愛可悲的凡人男人。」原來，這情婦不是男人的情婦，是創作者的情婦，是甘願爲自己所喜愛的事物而奉獻一生的情婦，願意將自己的一生委身給創作的女人。

要成爲一個有故事的人，注定要踏上學習的苦路。

33

「我已流浪得很久很久了，琴、劍與貞操都已沾滿了沙塵……」詩人周夢蝶九十二大壽，他靜靜地挨在書堆裡，彷彿過生日的人不是他。而我的目光碇錨在他這又烈又腐朽的字句。我彷彿藉詩言己之小說——《豔歌行》。

34

「讓歡樂塡滿體內的那口井，直至昏厥。」

性與愛本是幻滅的產物，但沒有性與愛，這人生卻又不曾燃燒過。可別鄙視放蕩的女人，一如別輕忽紈袴子弟，因爲從污泥中能開出蓮花者，才是眞正高難度。如能在世事中悟得箇中三昧，穢地也是淨土。

35

我們的生命常因爲一個小小環節而轉了大彎，卻遍尋不著究竟是哪裡出錯了？這人生究竟是如何被啓動了「荒謬的瞬間」？

我們是再也回不去了，這一切終究是無法回到原點了。

36

「寫作是一種讓我們熟悉痛楚的活動。」又說：「作品總是比寫作者的生活更加清晰……生活應該不斷追隨作品……」，揭竿的是生活模仿藝術而不是藝術模仿生活，作家應該要盡可能地寫你想寫的。

置身在小說般的生活中，於是作家是熟悉痛楚的一種職業，經歷痛楚才能涉入人性深處。不能只是在岸上，不能可有可無。

37

藝術家挺進魔鬼的盛宴，幸運的化成人間天使，不幸的被撒旦呑噬。美麗的精神病患，燃起人間黑暗的巨火。如此努力地穿越恐懼孤獨的隧道，從而她有了如蝶翼的新生。生命核爆的華麗記事簿，是再現那些漫長時光裡她佇立荒原的苦痛凝結。是三十歲前菩薩給她的眼淚，這眼淚終於化成文字度母，低眉垂目，巨大而美，溫暖了娑婆，讓後來者知悉自此可以無憂無懼。

小說的誕生，代價高昂，但書寫者通過黑暗，倖存下來且也勇敢向前了。

38

努力地想要穿越過從愛的地基冒生出來的荊棘。自問「你要如何爲愛奮鬥？」「或是如何對抗愛？」他的每個姿態離那個燈火通明的車站愈來愈遠，而他心裡明白這樣很怪，但他無力改變，這是他的天性。

39

在寫作的時候，懷著執著甚至有些倔強的文學信念，僅僅遵從內心渴望。寫了二十幾年，不會不知道讀者喜歡什麼。可是，滿足他人，就等於消失自己。必要迴避某些評論者，某些帶著質疑來的讀者，我盡量不與其對話，這樣是寫作者最好的狀態，這樣可以讓我持續寫作。這樣好像贏得了時間與安靜，且最終也獲得了許多尊敬的目光與可貴的知音。

40

「一個沒有能力談論自己創作的人絕不能算是一個完整的作家。」米蘭・昆德拉的《簾幕》。多年後，在佛斯特描繪的小說濕地裡，我終於光著腳丫子、奮不顧身地走進這座歧路重重且可能導致心靈塌陷的濕地，進而耕耘出屬於自己品種的小說花園。

一代又一代的小說家都不免提及：何謂小說家？小說是什麼？小說該怎麼寫？小說寫給誰看？但多少年來，小說論述恢弘壯觀，但卻常是愈說愈讓人糊塗，愈讓人無所依循。小說家，一個需索高度自由卻又得高度自律的行業。這雙重極端性的難處，幾乎每個小說家都得去面對它。寫《印度之旅》的佛斯特亦然，一旦作家站上講台，即揭掉小說家這道神秘簾幕。他親自走在火線上，和讀者交鋒；挑釁經典作品，和評論家搏鬥，他甚至大力抨擊許多讀者是學院裡的偽學者，壯哉佛斯特。

41

說到林語堂、張愛玲，內心的感情如果重返過去，可是極其澎湃的。

國中某日讀《京華煙雲》與《半生緣》竟夜，隔日數學考試低分遭班導師竹鞭子的印象猶深，彷彿只要一閉上眼睛，我就看見一個少女是如何沉浸在張愛玲人情世故與百態滋味的文字圖像裡，去餵養一個飢餓荒瘠的靈魂。那午夜偷偷讀小說的畫面，可以說是我在升學厭蔑時光裡的美好記憶。

42

「純眞」與「世故」也一直是燃燒我內心黑暗的兩個拉扯面向，從而我學習到，燃燒是爲了破暗，以指引明亮之所在。「純眞與世故是多麼登對」，沒錯，僅只「純眞」將讓人生陷於無聊與無知之境，僅只「世故」也易讓人生陷於過熟與冷酷之險。很難單獨解析的成分，因爲人一旦成長，意味著要被馴化，於是我們就要有準備流淚與獻祭肉身的可能了。歷經痛楚彷彿有著光亮的未來，一種燃燒過後的明亮。如布萊克所言：「一旦你知道事物的表面，你就可以看向更深一層。」

43

當我不斷站上許多學校的講台面對著學生演講時，我心裡偶爾會浮現起佛斯特說的：「故事所蘊藏的聲音。就小說作品的這個面向來看，它不像多數散文是以眼睛爲主要訴求，而是和演說一樣，訴諸於耳朵。」小說訴諸於聲音，散文訴諸於眼睛，這是一個於今讀來仍感新意的觀點。同時間，我也常想起米蘭．昆德拉的《簾幕》：「小說家談小說藝術，並不像大學教授在講台講課那樣。我們不妨想像，他好像一位畫家在自己的工作室接待你，……他會向你提及他自己，但更常提到別的作家以及這些作家令他激賞的作品，而且這些作品暗中影響了他的寫作風格。」後代的米蘭．昆德拉正好可以拿來詮釋佛斯特的演說狀態。我演講時，一如我在自己的畫室接待觀者……。

44

當代小說家和評論家不斷地繁衍「什麼是小說」：有人認爲小說反映現實，有人認爲小說是心靈再現，有人認爲小說直奔人物而去，有人認爲小說是由情節和語言這兩種材料建築而出的時光巨廈……而佛斯特說：「小說就是，用散文寫成的一定篇幅的虛構故事。……小說的獨特之處在於，作者可以透過人物之間的對話來描述他們，也能讓我們聽到人物內心的獨白。」這些話仍悄悄在同業間耳語、流傳……。

45 佛斯特把小說立體化，他將小說置於繪畫「圖式」與音樂「節奏」上，表面看，他沒有提出小說重要的「語言」，但實則是他站在更高的位置來看小說這項美學與藝術。他也沒有提出「結構」，但他藉著情節鋪陳出邏輯關係，當佛斯特說：「小說情節並不嚴謹」時，也就意指著小說的結構鬆散。又如昆德拉說：「在小說藝術裡，形式的改變和創新突破是分不開的。」大江健三郎說：「小說中喚起讀者想像力的是語言結構，這裡，我稱其爲小說書寫語言層面的意象。」佛斯特則以「幻想」張起想像的翅膀，他說：「小說的一般語氣通常是平鋪直敘，可是，一旦引入幻想成分，就會產生一種特別效果，干擾原有的氣氛……」每個小說家都在磨劍練武，只是使用的路徑差異，然其通往的終點則常是相似。

46 王羲之聞名於世的〈蘭亭集序〉：「雖無絲竹管絃之盛，一觴一詠，亦足以暢敘幽情。」「俯仰一世，或取諸懷抱，晤言一室之內，或因寄所託，放浪形骸之外，雖取捨萬殊，靜躁不同，當其欣於所遇，暫得於己，怏然自足，不知老之將至。」以此窺中國文人的寫意人生，難以言詮的不知老之將至，隱藏著極其豁達的率性。

47

班固的〈李夫人臨死託武帝〉，我們讀到李夫人在臨死前竟還能如此地費盡心力以博得武帝之心，這李夫人可說是所有當今愛情「原型」鼻祖。李夫人生病後不讓武帝見其醜容，爲的就是保有在武帝心裡的那份不衰之美。班固寫李夫人：「我以容貌之好，得從微賤愛幸於上。夫以色事人者，色衰而愛弛，愛弛則恩絕。上所以攣攣顧念我者，乃以平生容貌也。」重讀這篇文章，拍案叫絕。在升學時代讀書時哪裡能體會女子臨終前竟有此「心機」啊。愛情長恨歌，代代心機女傳唱。

中國文人一直是比西方知識分子多了一種超塵脫俗的況味，但有時也容易徘徊在：滾入紅塵或者退隱山林，進場與退場，出世或入世……這塵俗兩端一直是中國文人的兩難。我但願自己能在幽默情趣的宇宙裡，物我合一，物我兩忘，盡情入世其實也是絕然出世，生活即是道場，並無對立面的掙扎，反而可一派閒逸，一派從容，對境練心，出入虛幻。

49

石黑一雄在《夜曲》有個視野：創作者到處都有，但知音何在？妙口願開，但願意聽我唱歌者在何方？妙音還得有妙指，妙指還得有妙耳。小說人物總是冷眼熱心，小說裡的「我」總是纏繞我心，也讓我思及這世界有多少沒有舞台的創作者，有多少創作者又沒有聽衆。讓我驚訝的是，小說描述的核心竟是：聽（讀）者才是主要宰殺創作者的關鍵處，於是在讀小說時常陷入化身成小說人物的惶惶不安，且常被石黑一雄的語言慧劍刺中了創作者會遇到的掙扎與思考，庸俗的讀者會殺了創作者。

50

「我畫的不是那尊雕像，我無法忍受實物素描……練習素描讓我學到很多，其中我學到的是，一旦你知道事物的表面，就不需要在那裡繼續流連，可以看向更深一層，這就是爲什麼我不畫實物，因爲太過侷限，扼殺了想像力。」筆記本抄錄《純眞之書》。

51

我的浴室有「雙玉爭輝」。潘玉良與常玉，孤獨者的微微巨火。

常玉貼在浴室玻璃，馬桶旁。潘玉良在容易起霧的鏡前沉思。

他們化成我思考身體的一部分，向鏡子說喜歡自己，接受污穢也是身體之美。身體染污歷劫，如此高貴。

作爲一個藝術家與一個女人在和時代做劇烈掙扎與衝擊後，潘玉良以其專注於藝術的認眞使得作品留下自我存在的最後認證，她的這個美麗印記標誌著許多獨特的標竿。我們在見著她以生命具體衝破許多社會制式的限制後，也不禁地提問起自己：作爲一個眞正的藝術家與女人的衝突之間，我是否眞的如實地跨越了那道隱形的鴻溝？

52

沒有作品，再傳奇也枉然。

藝術家對於肉體還會陌生嗎？當然不會。畫家幾乎可說是朝夕與肉體爲伍，不論作爲美術系所必然修習的人體素描或是身體作爲一個觀望客體，身體的情慾都是如實存在的，而藝術家所需修習的功課有更多是來自這個面向，他得比一般人更挖掘黑暗，更面對自我的情慾課題。藝術家只消好好地創作（除爲生活或感情所苦外），作品最後會回報給藝術家所失去的一切。

多年前，一個漂泊異鄉的女子以她的不間斷彩筆與雕塑建構了她的寂寞與華美世界，現在這個世界又兜轉到我們的眼前，一代女子走過又來了。一切的核心都因爲作品的好壞，至於身世與傳奇不過是這核心所飾的花朵罷了。

53

如果她沒有寫作，就有可能變成無可救藥的酒鬼。要是不能再寫作，迷失了也就報廢了。一旦迷失就不會再有什麼東西可寫，也不在意可失去的。

她躺下來時總是蒙起臉，她年輕時非常害怕自己輕易地踏上生命的地雷區。不知怎麼會這樣，也不知爲什麼。有一度她在睡前會喝烈酒，爲的是遺忘自我。酒精是毒物，馬上麻痺了人，身體似乎不再屬於自己。一個人孤獨喝酒是傷身的，是令人不安的。當酒精充滿她的臉她的身體時，她不敢照鏡子，她怕自己變成癩蛤蟆。酒精貫穿血管，加速她的甲狀腺腫大。一度她複製女作家，意志投降，讓酒精完成神不肯爲她做的工作，酒精的工作就是殺人。她想起一張瀕臨毀滅的臉，一張泡在酒精的臉，酒神很快就認出了這張臉，魔鬼爲這張臉而來的。這種在夜晚裡的自我失落，成了她對那幾年的黑夜印象。

54

稿紙在前面呼喊，它要求我將它完成，於是我就開始寫作。

她喜愛黑色衣服或者花色衣裳，極端的黑或花，低調與喧嘩，都是她。

55

跳蚤市場盈滿我的記憶行囊，如今這些跳蚤進駐到我家，它們化身成一只機械式手錶、兩把復古椅子、一架迷你鐵製電風扇、兩個繡花包包、三件舊皮衣……

56

我用電鍋煮字。我用裁縫織文。我用針線補心。

我用鈕釦縫合淚腺。

我用拉鍊拉開整個世界。

我用魔毯抵達愛情邊境。

但我不準備爲美殉身，雖然這美讓我神魂顚倒。

57

這通往黑色海洋的大門，將吞噬她的喧鬧春天。她在寒風裡懸念著某些幽微，某些未竟語句。她在汪洋裡打撈著，某些靈光，某些神秘碎片。這黑暗抵禦時間那毀滅性的鄉愁，凡這些危險，都是作家觸探的溫床。

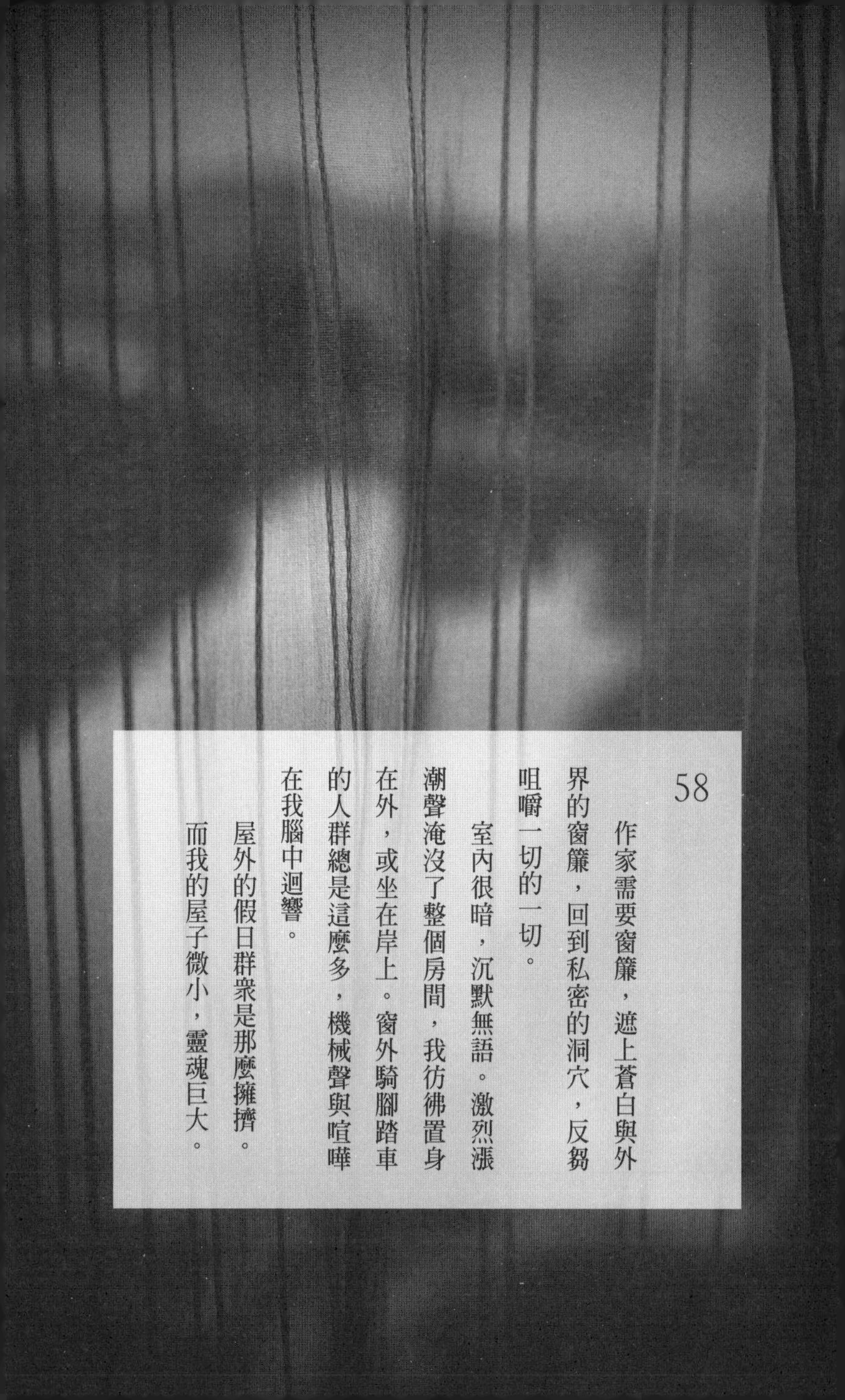

58

作家需要窗簾，遮上蒼白與外界的窗簾，回到私密的洞穴，反芻咀嚼一切的一切。

室內很暗，沉默無語。激烈漲潮聲淹沒了整個房間，我彷彿置身在外，或坐在岸上。窗外騎腳踏車的人群總是這麼多，機械聲與喧嘩在我腦中迴響。

屋外的假日群眾是那麼擁擠。而我的屋子微小，靈魂巨大。

59

是你讓愛復活
是你讓我心中的荒涼轉熱
是你讓我成爲我
我在你的眼睛深處看見自己的形象
你說你喜歡樹
看見一片落葉就可以看見整座森林
看見那個生那個死那個無盡的無盡
你讓我明白愛你是如此莊嚴的事
你也讓我明白對你的愛會蔓延成災
你說我們應該和往事和解
和往事一起坐下來喝杯茶
這我沒忘

60

貓是天生的作家，所以作家通常愛貓，貓是（陰性）作家的隱喻。

那複雜的，幽玄的，黑暗的，冷僻的，孤獨的……卻又讓人時有氣卻又常愛不釋懷的都是牠。養虎貓，虎貓陪我度過了最陰暗與最歡愉的紐約酷寒與盛夏。

爲了那虎貓，我也曾爲貓鞠躬盡瘁，我的床一半是牠的，我的食物一半也是牠的，我的胸膛一半也是牠的，連我的美金也一半是牠的：屢次爲了治療貓咪眼疾及打預防針而勒緊褲帶。

61

我寫的小說並不給讀者快樂，因爲現實世界的快樂是如此飄渺短暫，有如情慾翻身即逝，快樂背後有太多的未知陷阱。

我就是我的書，傾訴我整個生命的熱情與荒疏。是華麗與寂靜的書寫者們，在生命最荒漠處植栽希望，如祇樹給孤獨園長者，在一無所有時，還能種下一株樹。

62

在銀行外面，一個失業的父親對著才六、七歲的孩子說：人生就是這樣，有起有落，有喜有悲。行經銀行門口，我想的是人生還有很多是不用錢的東西，比如欣賞流動的街頭日常人生，比如到書店翻翻書，比如行經電視牆看看鬧劇，比如經過咖啡館聞咖啡香……但這些不用錢的東西卻讓我更想要擁有東西，忽然體會出一個失業父親忽然就老了的心。比如寫作，就是一種才能，但誰也無法幫自己把才華開出花朵。只有自己，必須寫下，不斷地寫，看似精神，實則比勞役還勞役。

63

母親從開刀房被如貨櫃般的巨大電梯送出時，我從《藥師經》裡抬頭正好和母親張開的黃眼睛對上，她像是從好遠好遠的地方跋涉來見我……而我們中間隔著穿白衣的人，他們推著她，所幸她睜眼，我鬆了一口氣……病房外的夕陽，病房外滿城的燈火通明，襯著我的藍眼睛發亮。

64

小時候曾愛可以不斷換裝的紙娃娃，直到有一天有人告訴我半夜這些紙娃娃都會復活，在我的夢裡走動。我忽然感到很害怕，因爲有很多年，夜晚我被父母獨留在家裡。那些紙娃娃被童年棄屍了，直到多年後他們以寫作再度復活夢裡，且不斷擴大角色扮演與獨白。

65

如果不是她，我可以保有名節，但卻失去鍛鍊。如果不是他，我可以保有存款，但可能死於安樂。祂以神奇的際遇，爲我的命運闢出一間審問室，圍攻我，鞭刑我，企圖使我成爲一個面目模糊的人。但心很快就穿破了圓膜，長出了稜角，刺穿一切的幻象。

66

人的完整原本就是靠碎片斷瓦殘壁拼貼而出的，任何一個碎片斷瓦殘壁，儲藏在心和性格的黑暗地窖下，如果靈魂不死，如果認眞聽聞愛的召喚，那麼碎片斷瓦殘壁也能打造一座屬於自己的宮殿城堡，而只有極可貴的少數可以獲邀進入我們的心之陵寢。愛有時如柏拉圖所言：「是一種神聖的瘋狂。」

67

擇靠窗的位置坐下，午後，舊街，老樹，昏人，我……，從弄堂裡，瞧見一個女人急步走出來倒垃圾，竟是一身的金色睡衣。陽光突然有了嬉遊的對象，灑在金色睡衣上像過耶誕節般的金燦燦。街上的活動常打斷我看書的注意力，三輪車、自行車和孩童老人的徒步。書店外對街斜角開著一家極現代感的美丰洗衣店，洗衣店旁是油畫畫廊，生活拜倒在我心的石榴裙下。

68

「人不快樂唯一的原因就是，不知如何靜靜地待在自己的房間。」作家在書房就恍如有了世界。

69

有人說她是快手，但卻從來沒有提她坐在書桌前日日多時的勞役。人們以結果狂論他人，卻故意不去理解開成花結成果的酷暑與寒冬時光。彷彿一個「快」字就可以結束一切的輕睨。我以爲「她」慢了，以近乎一日七小時坐在桌前來計。

70

她的名字，光被吐出就有了力量……如果不是她發亮的地圖，我可能找不到路徑前進這可有可無的世界。

71

起床瞬間都如處半夢，在床沿動彈不得，聽聞街心混著垃圾車的旋律，我也想著這日又該丟掉什麼？回收什麼？丟掉東西是如此容易也如此艱難，一個動作就再見的狠，或者什麼也不做的長相廝守？

72

我想打烊前，如果牠還在，如果牠願意跟我回家，那就是了。

算了，我不是好主人，我常外出，我不想牽掛。我決定把我和牠的緣分拉長，如果明日牠依在，再養牠。聽咖啡館小妹說，牠已經在角落兩天了。沒人帶牠走，兩天對貓咪都是人的兩年了。

一個女子現身，她看牠一陣。我像是出現競爭對手的眼睛直盯著玻璃窗外觀。女子折回時，手裡多了罐頭。

離開一段感情，我就會遇見一隻棄貓。一個習慣孤獨者，不該貿然熱情迎上。

喝畢咖啡，推開門，角落忽已空蕩。不是我無情，是你被餵飽就離開了。我發現自己比貓還易被馴養，表面是貓，底層竟是狗。一個罐頭送上來，就貼上去了，姿態全忘。離去是幸，我不知在說自己還是在說那隻貓。離去者，讓人懷念。也許我該學學那女子，買了罐頭就是施恩了。

誠然是我們各有各的路。我走水路，你走山路。

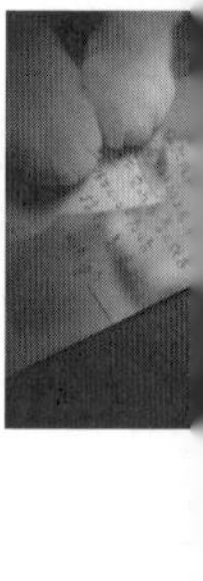

73

前方漁夫在和魚群搏鬥，各有平靜的掙扎。

傳說有一種鰣魚，只消魚鱗被鉤到即投降不動，再也不掙扎，只爲了保有死亡前的美麗樣貌。這是一種激情，對於身體維持恆久美好的激情。

74

男人醒來聽電話，無聲，掛掉。電話再響，還是沒聲，他換到另一隻耳朵聽，才發現他一隻耳朵壞了。自此他身體的器官有個部分開始提前進入廢墟化。

那麼親近的耳膜，再也聽不見聲音。

和我肌膚最親近的是衛生紙，衛生紙是植物的變體。和我耳朵最親近的是白花油，也是植物的變體。我的耳膜裡冒出一粒疔，硬硬的，疼痛，像有人在打探我無法述說的心音般。發疼的耳膜，遙想起男人那隻壞掉的耳瓣，封鎖的耳膜不願再聽任何言語的甜或苦。它固執地自行先行毀壞，連告別身體一聲也沒有的倔強姿態。

75

有幾年時光，她行過掃落葉者，彎進黑暗隧道，搭上清晨第一班捷運回家。她的血氣已整夜被陌生的空氣吸盡，坐在捷運的她像一具幽靈，任車廂晃動她即將瓦解的四肢骸架。她是個殘障人士，很久以前就心殘了，殘在那個童年的匱乏裡。以後她依賴填補，填補的空洞卻愈來愈大，最後把洞撐破了，消失的黑洞像扯破的布娃娃，人形俱散，無心無影。就像沒有人看見她，她搭上了第一班捷運，列車行經水露霧濕的城市。天明未明，她身心被劫，襤褸如女丐地一路奔馳，追上一輛即將開走的第一班列車……她執拗要在清晨搭上第一班捷運，而她是整座城市最後入睡的失眠人。後來她被火帶走了，沒有人料到男人口中像一張水床的美麗者，會走上絕路。

76

我的三部曲描寫島嶼小人物哀樂，和那些有如潮漲潮落所折磨他們的莫名際遇。

77

擁有閱讀的想像力，就能看見全新的世界。閱讀是一本又一本未走過的世界地圖。書未竟，然時間緊迫了，我得加快腳步。

78

無常，死亡。死神開始浮出臉孔。我們幻想著，假如把自己弄得年輕一點，死魔就會錯過我們。我們對肉體青春的重視，常阻礙了眞正去面對無常和死亡。我們得獨自去面對人生中一切的重要關卡。如何面對終將來臨的死亡?所有的文學都在提筆叩問這件人生大事。

79

「我逃走，我就會永遠是你一個人的。」讀完這一句話，妳開始整理房子。旅行者棄家，返家後四處是灰塵與被太陽曬傷的褪色物件……

80

小說家虛構的當下，卻留給了後世某些事實想像。藝術家把個人的苦難化爲世界的明光。

81

密閉空間唯一的聲音常常不是音樂，而是CNN。我喜歡旅行時的語言貫穿在我不旅行時的日常空氣裡，那熟悉的聲紋，像鐵鳥747。

82

如果沒有窗簾，光線就會進來傷害我的眼膜。

母親說我的臉是歪的，是紅的，崩裂的。血管新生抑制劑對抗黃斑部病變。母親已漸漸適應微光甚至無光的世界，她說無力改變時，就得去適應世界，她也要學著如此。太陽早沉海，傾斜扭曲的雲翳風景，不閉闔眼即抵達的黑暗，漂浮的女兒，在她眼裡變得美了。

83

無始劫以來在輪迴中，時而為蟻，時而為王，生死流浪。投生過的身體堆起來，比須彌山王高，所流的眼淚超越四大洲海水。因種種過去的愛慾，我的頭、眼、手足和指頭被切下拋在土地上，其量如恆河沙數。滿山遍野，盡是骷髏。苦路無盡。無慚無愧的心啊，只因每一世的現在都看不見過去。誰沒有得過以美麗白羽裝飾的桂冠？儘管如此，我的執著仍如此頑強。一再發願，一再失守。我這顛倒女人啊，願削骨為筆，寫盡生死浪海。願以血為墨，了脫身苦塵緣。

我但願是藝術的信徒，佛的好孩子。

84

行行復行行，反反又覆覆，馬奎斯編織串聯著人生的孤境，以一種詩的絕對性來鋪展故事流動的時間感。「這個城鎮已經陷入無可挽回的遺忘流沙之中。」在他百年孤寂的故事時間裡，是冗長繁複且幻影幢幢的史詩語言。他藉由人的非凡長壽和各種奇異病症來描述時間在人身上所發生的作用力。「這些老祖宗就像幽靈般在臥室裡蹣跚而行，嘴裡喃喃回憶著往事，沒有人理睬他們，也沒有人想起他們，直到有一天，發現他們眞的已經死在床上。」我的家族書寫啓蒙。

85

「裡面住著一些具有枯萎的花朵的那種氣味的單身女人。」以花朵氣味的間接詩意來描述時間流逝在一個單身女人的皺褶感。「他把積存的鬱悶拋諸腦後，發現心中的莫氏柯蒂已變成一個無邊無際的沼澤，有野獸與新燙過的衣服的氣味。」「他的呼吸具有睡眠中的動物那種氣息。」「屍體開始發出青色的磷光。並且斷斷發響，弄得滿屋子都是氣味難聞的煙霧。」他知道這不是他在等著的那個女人，因爲她沒有那種煙味，卻有花露水的香氣，青春至老，我的百年孤寂，恆在。

86

那日，我眺望著畫家窗外的中華路，城中之城，喧鬧的街上，忽然在我心裡有一種奇異的荒靜感，這日常是這樣地寂寥，但對於藝術家而言，每一個瞬間與細節，都像是刺目之鏡，反射了心靈的光與暗。

身體與靈魂依存的世界，救贖與背對錯身的時空，靜靜地鋪呈在女畫家的畫布裡，我看見畫家的心，同時也目睹每一個流逝的過往自身，屬於女島的日迷惘與夜哀愁，慢慢地滑過眼簾，直至曙光悄然衝出雲層，我看見畫家在凝視過後的一片新天新地……在黑洞中的憂傷凝視，我與荒靜的背對。

87

創作者一方面渴仰愛神的珍貴寶劍，一方面又希冀自己命運受際遇之神的眷顧，但往往是二者都難降臨。創作者還能爬回自己的創作黑洞者誠然是無比之幸，許多人就在還沒爬回自己的黑洞前即敗北，甚者自殘。「我不相信河岸會因河水的不斷奔流而痛苦，或土地會因承接落雨而受苦……」她曾在日記這樣寫。

一幅懷孕婦女被許多鳥啄木傷的血淋淋樣貌，著實是刺鳥再現，像是刺血抄經的苦行僧，在繁華之城靜靜地勾勒著舊憶與纏繞的心線，每一幅畫裡的人都闔上雙眼，卻打開心眼，對愛發出強震，從心掙脫囚籠，稍微不留心就會迷陷在自己作品的黑暗憂傷裡，沉墜到幽閉的深淵。但有光從背後升起，在憂傷的深淵裡，有一種靈性的自覺隱然萌生，低度色系的顏色如灰藍的雨天，心靜下來了，即使面對著生命的時間肅殺。

參：我走過的靈魂私房

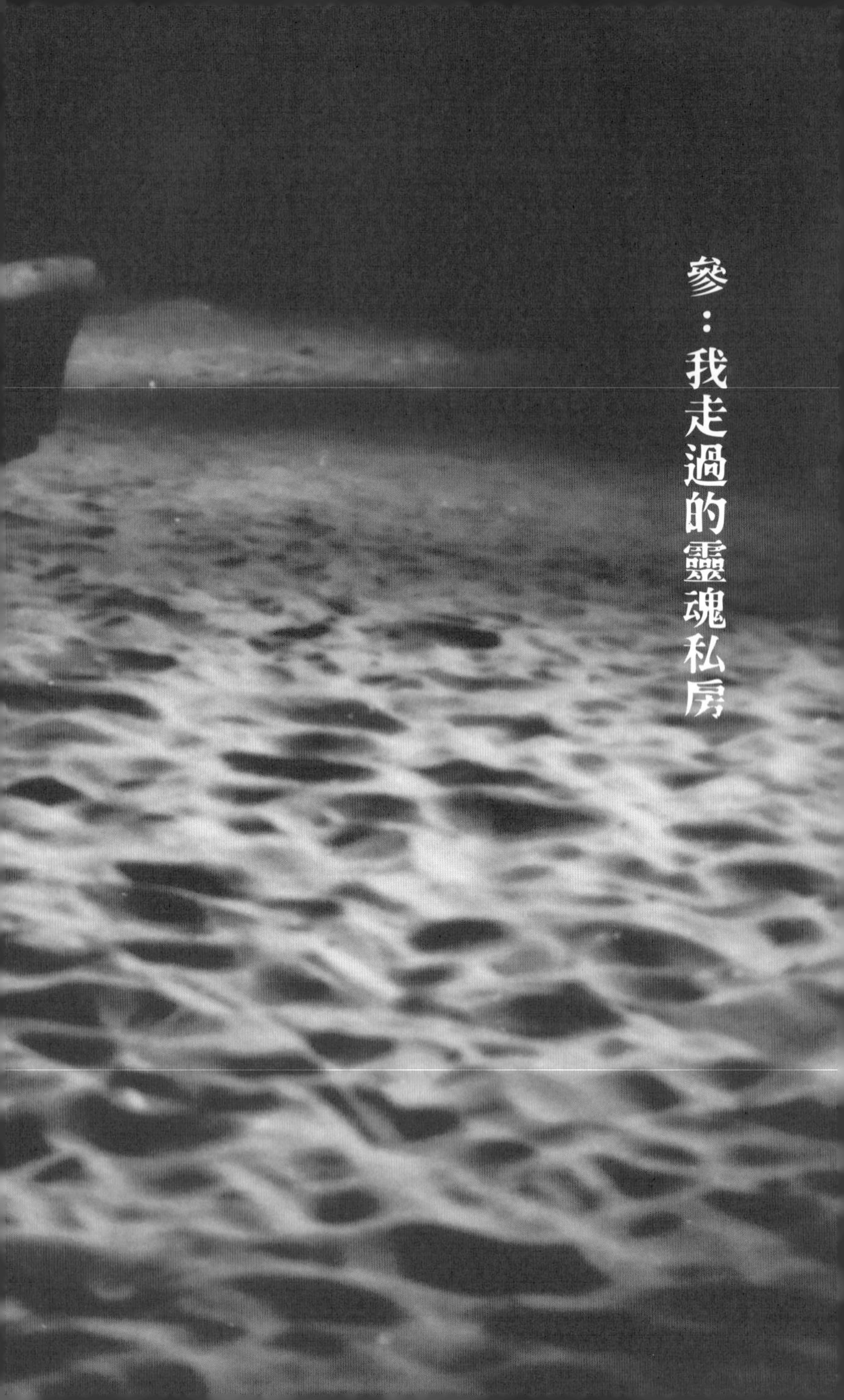

誰有能力愛妳呢?
當自己的愛太大時,
連文字、攝影都弱了起來,
在妳這個人面前。
如土 如山的眼神
承載所見過的一切華燦
枝葉、花果……

我在這個季節，
成了莒哈絲的掘墓人

1

一個人在海域，在莒哈絲寫作的窗口所對望出來的風景呆立，我捧著她的書讀，感覺整個夏日的每一波浪潮所打上來的都是莒哈絲海浪，我在莒哈絲海岸遙想一個逝去的寫作頑固靈魂。「要寫作就必須很強大，比作品更強大！」莒哈絲，強悍的莒哈絲，把寫作推向死亡，待在死亡中。「你得與孤獨鬥爭，沒有孤獨就沒有作品。」我回望她的窗口，彷彿有個黑影歷久彌新地立在那裡，孤獨而頑強，那種力量，那種浪潮，眞讓我敬畏。我咀嚼著她的話，化身成孤獨。

在這裡，她牢牢地記住了楊，生命最後的情人。

在這裡，我狠狠地遺忘了你，原鄉最初的戀人。

2

「其實並沒有必要刻意地掩飾情慾，女人的心中如果有情慾，自然會吸引男人。……這個男人不瞭解我，今後也絕不會瞭解的。我是如此的放蕩，他並沒有那種本能了解我的放蕩。」莒哈絲於我的魅力是她那媚媚生煙的態勢與坦然，帶著音樂性的喃喃自語。

3

三個地方，象徵莒哈絲對於感情和寫作所需的不同氣味與慾望需要。

巴黎居所是她熱愛浮華世界與時尚名利的展場，諾弗勒城堡的獨棟格局與鄉間庶民氣息給予她回歸書寫的底層與孤獨本質，黑岩區的靠海書房具有一種逃避與眺望遠方的心靈慰藉。

她常常就這樣地望著大海，遙想十八歲前曾經發生在東方太平洋的人性對立與黑暗皺褶。

一個女作家需要很多可供逃亡的空間。如果沒有三個房子，那至少心要移動遊蕩至許多空間。

4

書寫是古老的行業，它和精神強悍連結，來這裡尋找發亮的老靈魂，這些靈魂即使已死也還活生生，就像你說的：「我就是死了，也還能寫作。」眞是精神韌性的極致王者，連死神都得俯首稱臣。我感覺到：你就是一個我，我是另一個你。神魔活在我們的文字，和所有的目光裡。

5

她在巴黎的這間套房寫作，也在此和才子昂泰爾姆結婚，然後又結識另一個才子馬斯科洛，三人住在一起，結爲生死莫逆。後來莒哈絲和馬斯科洛有了孩子，遂和昂泰爾姆離婚。她在這個居所開始愛情和婚姻及結晶的所有對應關係，並在此出書漸漸有了些名氣，這裡對她的意義有如一段深沉且不朽的愛情，最後還死在此居所。從成名到去世，五十多年的漫漫流年，她都保有這個空間，現在她最後的情人楊繼續了這個空間的生命，楊吸她殘存的氣味過活。

6

我在這棟公寓的對面建築台階上閒坐，陽光下閒坐台階，無人理會我的姿態，大城市容得了各種奇花異草，容得了平庸與奇特。各式各樣的殘存與生存者，成就與失敗者。

聖伯努瓦街五號公寓沒有人下樓也沒有人上樓。大門一直深鎖。夏日的巴黎人都出城了，鏤空花草線條的鐵鑄窗台。想像那個空間，一個作家拉上所有兩層式窗簾，一白紗一厚布，那是每個巴黎人家的典型傢飾。

寫作是內心活動，幾個原型反覆被書寫，母親，我，女人，情人……

7

已近黃昏，天氣突然轉冷，風大，淒清。很適合像她說的：「可以躲起來寫書。」一棟別墅型般的房子在前，煙囪，綠樹，池塘。前面是一條彎曲的小馬路，街道極為安靜，「這所房子就是孤獨之地。」我冥思著她的話，興奮地四處走動，探頭東張西望著。

牆面、木門和窗戶爬滿了不知名的葉脈式藤蔓，爬得滿滿的，幾乎看不見房子的線條。窗戶還有空隙，我貼近瞧，可以見到房子裡面的模糊樣貌：一張長長的寫字桌，桌上有檯燈、花瓶和撥號式的電話，幾張椅子，鋪布巾的沙發，稀稀落落的盆栽，壁爐，木頭多層櫃，幾個倚著牆釘上的木式長桌上擱著一些看不清物的鐵罐、燭台、瓷偶、花盆……。長桌子的前方是長窗，窗外是庭園。

在孤單的情況下，唯有寫作才對她具有某種意義。

8

每個居所我所關注的是作家的寫字桌，發現她的桌燈特別好看，有罩著蕾絲白巾的檯燈，檯燈基座是銅和玻璃的組合，筆筒是簡單的玻璃杯挪用，一本桌上型日曆，撥接式電話機，菸灰缸永遠是必備品。屋內有著許多的盆栽和乾燥花，凌亂中有序，典型的寫作者空間，很難整齊。桌上總是堆滿了紙張和書籍。

這棟房子讓原本窩在巴黎公寓套間寫作的莒哈絲有了較穩定的精神狀態。她寫它屬於我，我是它的主人。買房子導致了瘋狂地寫作。它好像是火山爆發。我想這所房子起了很大的作用。房子使她不再為孩子才有的那種憂慮而痛苦。

9

「每當有人來，我既感到孤獨感少了些又覺得更被人拋棄。到了夜裡才能體會這種孤獨感。」「我寫作，我生活。」生活認可寫作，寫作認可生活，彼此認可彼此，互為一體。這間書房讓作家呈現了自己那尾隨於生活的寫作激情。灰色，莒哈絲小說文字裡的一種顏色。

10

愛情，永遠是憂傷的音節。你說願幸福的羽翼在我的肩上閃閃發亮。可我的羽翼已經斷裂好久了，不知何時修復得好。你的祝福遙遠而摸不著邊際。我想著想著就打了盹。前方是法國朋友在說著好聽的法語，法語在雨聲中伴隨我閉上眼睛凝神。莒哈絲的孤獨城堡已經離我愈來愈遠，但她的文字卻離我愈來愈近。

11

在這裡她切斷電話，閉上嘴，不再需要其他的東西，除了自言自語，除了寫作。「男人無法忍受一個寫作的女人。對男人而言，那有些殘酷。對所有男人都很困難。」移往莒哈絲的閱讀世界，游移在書寫的海洋與板塊間，在孤獨中尋找孤獨。一個面向哈佛港的公寓。那裡還有普魯斯特的逝水年華，是一杯茶的味道，勾起了多少往事的生動形象。

12

「我們怎麼做才能使愛情接近我們？」「她靠那個地方的絕望過活。」「我讓你以爲我死了，好讓你能把這一切全寫出來。」不幸的淚水滋養一個生命力旺盛的作家。我必須趁我眼睛澄澈時凝視你，獨自一個人飄盪在你筆下的故事與語言魔魅裡，我是海洋，勢必衝撞你這座孤島。

沒有人受得了一個以生命捲入寫作齒輪的女人，如野人般寫作的女人。

Marguerite Duras

我喜歡屬於黑夜的書，不喜歡屬於白天的書。但我把你放在閃亮的位置，好日日照耀我的靈魂。

13

「我不是一個人，那段時間裡有一個男人和我在一起。可我們相互不說話，因爲我在寫作，應該要避免談書。」她要說的話那樣多，最後只能沉默，因爲寫作已是喧嘩了。

14

一路藍天尾隨，藍天在莒哈絲的作品裡是不祥的，夏天是傷心的，「在海邊沉淪的夏天。」夏天於她是沒有變化的，穩定得讓她感到不適不喜，甚至是厭畏的。夏天使我害怕。它是生活的幻覺。只要夏天來到，一天天就會縮短。我不能適應它。夏天包含著一種危險，這是產生幻覺的季節，而我在這個季節，成了莒哈絲的掘墓人。

我走海岸，只是爲了從沙灘回望這間曾經住過普魯斯特和莒哈絲的居所，鐵條式鏤空花邊的陽台，有著磚紅赭色的石牆，上個世紀的上流社會女人撐著蕾絲白陽傘行過海邊，紳士白西裝白褲白帽，繫著蝴蝶結，留下鶯鶯款款的聲浪及身影，但都無法勾動我。

只有莒哈絲一個人在這棟房子望向海岸的身影吸引我的目光。我愛著這如夢境的時刻，憂鬱的沉思蒙上了星星的光，連淚都珍貴。

15

她生前曾說，爲什麼要介紹作家呢？「書就是我。書的唯一主題是寫作。寫作就是我。因此，我就是書。」她揭示了這樣的霸氣與坦然吐露的自信。然而一九九六年，當她知道生命已經是夕陽西下了，她知道歷史將記她一大筆，所以她把所有的生前手記手稿給了現代出版檔案館，因爲這一動作，使得有些關於莒哈絲生前的謎題得以稍稍撥開迷霧。

然而，迷霧仍在，因爲莒哈絲有一種勾引人的本能，那就是任何一個和她接觸者，都將成爲她迷霧魅影的一部分。就像霧溶進霧，水溶進水，再也難分難捨了。

16

她終於「不捨」地辭世，離開被她稱爲「地獄」的寫作生活。「生活是什麼，寫作也就是什麼，但這點還不夠。還必須無視於社會習俗，用同樣的激情生活和寫作，走到自我的盡頭，並加大反抗愛情或絕望的力度。」視寫作生活爲地獄，但卻又無能（或不願）離開地獄，這也許就是一種心魔的詛咒了。

莒哈絲寫作的核心：失心瘋與魔魅的愛。閱讀莒哈絲前，要先閱讀自己。要戰勝莒哈絲，要先戰勝自己。因爲莒哈絲的語言有如甜蜜毒鉤，既讓人想要掩卷又禁不住心魂被炫目。

17

不論哪個時光軸線，都纏繞交織在「情慾」的黑暗與光亮，淚水與汗水，濕答答的，黏糊糊的。禁錮的原傷生活與希望的自由生活，是這兩種空氣對撞使得她充滿迷離暈眩的效果。如鋼鐵堅硬與玫瑰芳香的性，痛苦醜陋卑微悲哀、甜美歡愉失落失歡……兩種感受交織而過，如此難寫的「性愛」哀愁竟被她精采地信手拈來。

18

一個作家對另一個作家的喜愛往往是超越欣賞，且不可理喻的。閱讀如在照鏡，既愉悅又驚恐，此時閱讀就像降靈大會，甚至是痛苦的轉化除魅儀式。閱讀也是自己的面具，戴上這面具卻有了靈魂。這面具是另一個自己，美麗不滅的面具。

寧可受苦也不要平庸

19

「上海的弄堂裡，一幢房子裡就可以有好幾個她。……她的生活情形有一種不幸的趨勢，使人變成狹窄、小氣、庸俗。」說白一點就是那個太太背影讓我想到我媽，普遍台灣上一代的里弄人家太太不也是這樣，能幹勤勞，庸俗中自成一格，過了中年不是極精瘦要不就是發福，目光經過長期寒傖生活的訓練，而有一種如偵探般的鷹眼看著巷內大小事，一生在算計利祿和先生兒女中打轉而逝，個人生命最後比一聲嘆息還輕，可是這些太太們卻是一座城市背後推動的主力，沒有她們在里巷裡興風作浪，三長兩短，這弄堂就少了味；沒有她們的精打細算，論斤論兩，這城市的每個人家經濟就會快速被率性的男人瓦解於無形了。

「家裡上有老，下有小，然而她還得是一個安於寂寞的人。沒有可談的人，而她也不見得有什麼好朋友。她顧忌太多了，對人難得有一句眞心話，不大出去，但是走出去的時候也很像樣；穿上雨衣肩胛的春大衣，手挽玻璃皮包，粉白脂紅地笑著，替丈夫吹噓，替娘家撐場面，替不及格的小孩遮羞……」張愛玲筆下上海太太的性情模樣。我在上海看見這個穿著金炫炫的勢利太太背影，不禁想到台北城市裡的許多太太，她們的營生總是熱絡絡的，甚至稍不愼和她們靠得太近就會被燙著心。

20

在女作家公寓的那一天，陽光很好。

陽台上斜陽灑進樓梯口，一輛自行車停在門邊，陽光下輪子的機械線條像完美文藝復興時期的雕刻般，有一種安然處之的華麗。像一張老照片的靜靜風情。

21

我眼中的張愛玲，我所來到的常德公寓，當她和它透過我的眼我的筆時，他們已具不同生命了。我來此想找的是一股氣味，一種氛圍，一縷悼念，一式惘然和說不盡的蒼涼。「這世界精緻得像是在等待毀滅……」木心這句話恍如也是在詮釋張愛玲。

22

馬賽克細小瓷磚拼成的地板已積灰塵，牆壁分兩色，白和深絳咖啡色，樓和樓之間隔著兩層式樓梯，一個彎再一個彎，抵樓層時會先見到左邊窗景和陽台。窗戶好多都碎著紋路，荒圮。陽台有綠色盆栽或是曬著衣裳、被單，或者只是空空然地留著大量的塵埃。陽光流麗中，塵埃飛飛揚揚。

在陽台低頭往下望，四處是低矮的工地，和前方已建好的鋼骨結構大廈。不遠處有一兩棟古典別墅洋樓倖存，如遲暮美人地立在一片如廢墟待建的土地上。

我徘徊一陣，光眼前這一切，我的幻想力已足以讓我抵達想像的光圈之所。以前我家也住過這樣的公寓，牆上地板上甚至水管內，恆是有一股陳腐的氣息瀰漫著老去的歲月。張愛玲的華麗摩登，如今是徹底的蒼涼腐朽了。

23

離開常德公寓，移步行在靜安寺。這靜安寺是過往張愛玲和胡蘭成常偕行談心之地。如今的靜安寺框住的是一顆顆祈求神助的心。我想著願望，也許先前才去拜訪張愛玲的居所，會晤她的靈。所以我竟在內心裡說著，佛呀，可否讓我只要有張愛玲的才情而不要有像她一般的感情。這念頭方起，人已步出寺外，迎面的路人平庸無奇，心裡又想，寧可受苦也不要平庸，若是張愛玲可以重新選擇，面對大量的平庸之流，也許她還是要為胡蘭成吸引，且是衣沾不足惜，但使願無違的淋漓暢然。

24

張愛玲是民國以來就被傳奇樹脂封住的美麗標本，飛不出也不想飛出。傳奇是她的顏色，血色的黃昏凝結在孤冷的筆中。

25

「傳奇」就像一幅永遠未完成的油彩畫，後人不斷在其上塗抹，「眞實」不斷被推離了人們的目光，那些亡者的肖像早已不知魂遊何處了，而後人卻仍不斷地供奉著。

所有的事都因愛而完成

26

「我畫我的眞實。」

我實在不願如此輕易地將自己依附在芙烈達・卡蘿的巨大光芒上。然而我至今卻都無法不想起她，那間還在我夢裡發光的藍屋，框著卡蘿靈魂的藍屋。我至今還能觸摸剎那的狂躍彈動心跳，當我初抵卡蘿出生與死亡的藍屋居所時，心跳高速衝撞血脈，我一直記得那個在異鄉撞進某個奇特時空的心臟節拍。

27

她上下學經過這些街道，穿越鵝卵石街道，但她發生了一生致命的車禍，際遇改變了她的一生。「瞬間可以改變人的一生，沒有交涉或妥協的可能。」

28

她的故居被當地人稱爲藍屋，顏色鮮藍至有種整片海洋凝結成膠質狀的錯覺。高高藍牆是視覺主調，鈷藍色底，成了科悠坎最醒目的大房子。卡蘿日記寫鈷藍色的意義是電與純淨和愛，深藍色是遙遠、溫柔。

29

這藍屋的猴子不見了，鸚鵡羽化升天，狗兒闕如，貓還有那麼幾隻，遊蕩在古老的原始雕塑與群樹遮天裡。高高尤加利樹騰空盤繞，龍舌蘭吐露無以言傳的神秘汁液，所有遊蕩的靈魂都回來了。

女巫卡蘿雙道黑眉如展翅鳥翼炯炯射來，悠哉如夢，曾有的肉身痛苦都凝結在屋內的畫作油彩裡：不是脆弱的玫瑰，而是火燙的夕陽。

30

傷心沮喪挫敗與熱愛都刺激驅使著卡蘿作畫，她在那致命的車禍意外與老公迪亞哥的愛情不斷失望破碎後，她早早明瞭這世界只有她的痛苦是屬於她自己的，其餘都是不屬於她的。墨西哥的土地乾旱龜裂一如她的情愛撕裂與身心切割，痛苦吞沒她也吐出她，她藉此獨有的痛苦過程認證了自己是誰，痛苦於是也可以是一條出路。

卡蘿如此實踐：獨自一人，穿越燃燒的火焰，凝結成金剛不壞的無懼之身。我在此會晤她，因祈禱而微笑。

31

這的確是一間藍色靈屋啊。光芒依然從卡蘿的畫作射出對生存意志與死神的嘲弄。卡蘿的肉身在她還活著時就已然和死掛在一起，生與死彼此爲鄰，死是每日她必須交手的朋友。

入內，光線奇佳，非常熱帶慵懶之感（但畫作卻又如此血淋淋）。每間房間都有通向花園庭院的窗與門，這些庭院造景是卡蘿畫作的背景也是她生活的眞實空間，那麼鮮明意象的仙人掌，葉脈上的每一根刺恍然都刺向一點光。

32

無信仰的卡蘿在脆弱時也依然非常相信還願牌的宗教力量。還願牌幫助一個家族走出傷痛，而卡蘿也想擁有還願牌的力量，但她以繪畫當作她的還願禮物。恐懼和堅韌兩股力量同時並存她的體內，以創造的天賦自救自拔。

33

她和迪亞哥的愛。「瘋狂、病態、恐懼，太陽與喜悅……」黃色，恐懼與喜悅的綜合體，於她這顏色有點像是愛恨交織，一如她美麗完好的臉孔與腐朽破敗的肉身連爲一體。

最懾人的當然是卡蘿的自畫像，那被超現實主義布賀東所稱的必要「邪惡之美」。就像卡蘿既是繆思又是女巫般，她的笑她的痛，最後在每一幅肖像裡凝結成一種自我埋葬的儀式感，死神舞踏前來，人們面對死神如面對日常，「我已經習慣受苦了。」卡蘿女巫在祭壇上大笑著，傷心和痛苦都可以刺激她作畫。

34

「我畫自己是因爲我經常孤獨一人，因爲我知道最清楚的對象是我自己。」自畫像是一種自我凝視，世人所以爲的自戀她當然也是，但她的自戀隱藏更多的自殘，自戀其實也是一種自傷，因爲暴露自己也是一種把自己的傷口挖開再交出去給他人觀看，那需要一種不斷切割自己的勇氣。

無可比擬無可取代的肖像畫，一種自我復原與再生。一種凝視與斷絕。

她在最後幾年只剩自己和油畫筆，還有孤寂與可敬的熱情。

35

「所有的事都因愛而完成，而現在這裡已沒有愛了。」「但願不再重返人間！」在進焚化爐前，她的遺體因爲熱氣衝進而頓然坐起，長髮著火飛揚，如一朵迎向紅豔落日的向日葵。愛是活著的唯一理由……我在傳奇的藍屋想著卡蘿，同時間我也無法不凝視我自己，我看見復活的卡蘿，在烈焰裡。也看見自己的復活，從前種種如灰燼，剎那間我看不到悲傷的輪廓，只餘喜悅充滿。

孤獨的房間，是我心靈的明室

36

鏡頭下的冬日小鎮，沒有浮華的節慶氣氛，孤獨如影隨形，十七年足不出戶的詩人示現了人在孤獨王國的最大可能。孤獨是創作必需的處境，但必須先融入再抽離。艾蜜莉也曾在紅塵多年，融入是知所共鳴，抽離是爲了個人異質。

37

造次亦如是，顛沛亦如是。東方的思維，在西方被實踐。顛沛的是心，流離的是我的身體。歷驗種種，如孔雀嗜毒，只爲羽翼的璀璨。

38

藉著來到艾蜜莉．狄金生的墓地，爲的是看見詩依然在世的靈光，我讀艾蜜莉的詩，讀的其實是眞理與叩問。沉靜如恆的詩鄉安賀斯特，仍有著終生甚少旅外的詩人艾蜜莉的靈魂。她在詩性中潛沉內斂，澄澈的心與棲止在眞理的純粹。

39

我喜歡紅塵，也喜歡孤獨。就像我喜歡華麗，也喜歡質樸。喜歡莒哈絲的極端個人意志美學，也喜歡艾蜜莉的不問世事。藝術的本質在此相撞，我看見墓碑在冬日的含蓄，死亡也可以成爲乾淨的絕美瞬間。我對自我的詰問深思，從來沒有停止。旅程對於自己心儀人物的舊地拜訪就好像是作爲一面自我的明鏡，我在這個孤獨的角落，也企圖用書信體、日記體描繪一幅幅自畫像。泊宿在安靜的冬日蕭索裡，我似乎也不畏孤獨與死神的氣味了。

40

我試著懷著巫師般的心情，從文字的儀式中獲得能量。於是我寫下：「孤獨的房間，是我心靈的明室，閃爍夜的微火，照亮我的旅夢。」一個謎樣的詩人，留下了一本可疑的秘密日記《孤獨是迷人的》。她可說是把死亡的精神鍛鍊到極致的詩人。

我和詩人隔牆談天，直至光陰爬上了唇際。將我們的名字掩埋。

41

一般人視爲孤獨且寂寞的單人旅程，在艾蜜莉的眼中卻是生活絕美的饗宴，豐盈且飽滿。轉孤獨之惆悵爲迷人丰采是她所擅長的。不過從日記裡我讀到她也不是一開始就堅強的，在文字攀爬裡她也曾受心裡那日與夜的孤單折磨：「這是灰暗的一天，火焰間充滿著寒冷。當自然降低姿態，靈魂堅毅地站起……韻腳在我腦中走動著，文字佔領我的心，接著我就能明瞭世界所不知道的，那是愛的另一個名字。」

連火焰都充滿著寒冷，詩人心如神諭。

讀詩，或者只凝視著一絲雪的墜下

42

離鄉背井，對我是人生最大的悲劇。安娜·阿赫瑪托娃，妳是這麼地認爲著。離開母土就有如失了根。我在冰天雪地的路上踽踽獨行時不斷地想起這句話，隨著這句話的溫度，我的心就會更覺得悲涼。這些年我總是不斷地離鄉背井，這麼說來，我的人生也是個悲劇了。

妳戀家，戀的倒非只是一個具體的窩，更多是一個精神的源頭，人生安頓的核心所在。然說來荒謬的是，人生發展常朝相反路徑而去。妳希望安居，這際遇偏偏不給妳安居。祂要妳漂泊，要妳離鄉，甚至棄姓。這一刀劃下去，父親家族的血脈之流被阻絕了。妳想起了母親，被上溯至外祖母的姓氏，妳用了外祖母這個有著韃靼族血液的姓氏爲筆名，至此「阿赫瑪托娃」就成了一個在黑夜裡依然可以照亮人之詩心的螢光記號。

43

詩人寫：

在那高貴的住宅
我既沒有權利
也沒有要求，
但湊巧地，
我卻幾乎在噴泉宅邸的屋簷下，
度過了大半生
當我走進時，
一貧如洗。
當我離開時，
也一無所有。

一九二二年—一九五二年，整整三十年，妳住在此棟宅邸的南翼三樓，這間公寓見過妳一生的安居與流徙，喜悅與悲傷，相聚與離別。我抵達時，博物館還沒開，在庭院裡端坐著，感到寒冷從腳底漸漸爬上，妳的銅雕像矗立庭院，瘦削而長。

44

我很喜歡這間公寓，每一扇窗都面對著庭院。曾有許多和妳同輩的詩人造訪此，他們的照片也和妳的照片放置一塊，交織成命運的交響曲。

隨意可唸出的名字都是俄羅斯閃亮的詩人，馬雅可夫斯基、曼德斯坦、塔特林……。詩人房間是一九八九年考據當年妳在此地的情況而重新裝潢的。這些物品都很吸引我的目光，我可以站在一個角落凝視許久，凝視那些不再被妳觸摸的物件，一張書桌、一個咖啡杯、一只菸灰缸、一枝筆、一張紙、一具娃娃……

45

房間有紅色沙發，牆上掛著妳的油畫肖像和素描。這些畫作可不是泛泛之輩，這些畫是大名鼎鼎的義大利畫家莫迪里亞尼所繪。那些牆上的肖像畫或者桌上的黑白照片都如此吸引人，還有燈和書桌。作家生活裡最需要的物質除了紙筆外，就是書桌和燈了。檯燈捻亮著，映出妳的桌子上一些雕像，櫃子的一些收藏，還有化妝台，橢圓形的鏡子把我的形象凝結在妳的空間，我們跨越時空瞬間交會了。

46

這間房子是愛慾，也是離愁。妳在這裡，目睹自己的丈夫和兒子先後被逮捕，之後丈夫被槍決了，兒子也入囹圄，妳果然如自己所寫的詩：一無所有。

但妳心中還有詩。

假如詩是救贖，那麼詩就有了力量，詩就是妳的彼岸，妳依賴這種詩心，想像的昇華，以度過人生的苦澀。

作家從來都是站在燈光邊緣，同時沉浸在光與暗裡。我鮮少看見創作者有單一人格，或是單一人生。即使像是普希金或托爾斯泰這樣的貴族，其人生還是不會平靜，他們會把自己捲入掙扎的邊緣，爲了愛情際遇的不可求或者源於良知的午夜叩問。

誰會像我這樣，愛一個人的文字就愛他的全部，然後親旅現場，且欲喚醒靈魂。

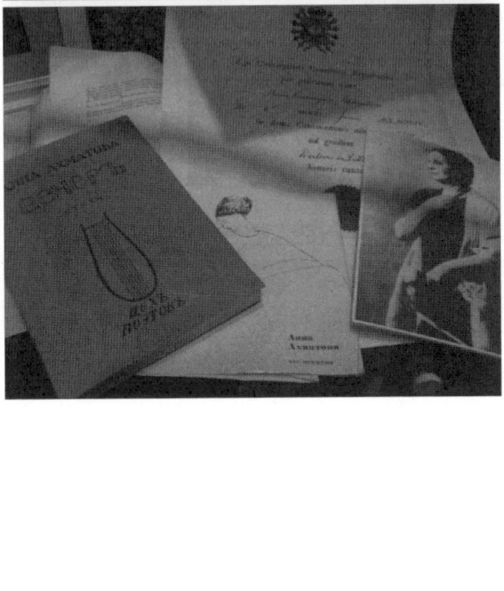

47

我注意到妳的櫃子前還有一個佛像和銅香盤。這瞬間那物件把我的目光釘住了，那個銅香盤我也有一個，竟然出現在妳的空間。我朗讀妳的詩，在雪地：

我將離開你的白屋與平靜的花園，
讓生命趨向空無，亮潔。
我將在詩裡頌讚你（而且只頌讚你），
以女人還未有過的才能。

48

妳的詩傾向文字簡單，但在簡單裡卻蘊藏著多層的意義，讓人不斷咀嚼。我在妳的屋子裡的冬日上午，只有我一個旅人慢慢地走在木板上，聽見詩的聲音，聽見生命的吶喊，聽見苦痛的幽魂飄蕩。

窗外正飄著雪，一群幼稚園的孩子正好出來野放，孩子都穿著桃紅粉紅鵝黃水藍的羽絨衣，在雪地上打滾。雪地像是白色的棉床，他們恣意地玩樂。看見我的相機也是笑著，孩子是善意的，是彩色的。然而他們長大的樣子，卻是愁苦的，是黑色的。

那些躺在玻璃櫃的詩稿，滲透著時間的墨水，像是一面哀愁的鏡子，映出整個時代詩人的挫傷。

逝去的愛隨著時間疼痛日減，荒蕪的是熱情，以及對一切的落空。

49

妳的空間聞得到更多屬於女性那種寂寥與甜美並存的混合氣味，同時妳沒有普希金的貴族味，沒有杜斯妥也夫斯基的人神交纏味，沒有托爾斯泰一派井然的乾淨味。妳的空間拓滿的存在遺痕是如此地生活與如此地詩性，同時間飄忽著詩的感傷與哀愁，透照著妳目睹愛人被捕的悲傷，一種活生生的悲劇感仍凝結在此地。

我如此喜愛著妳。

50

妳靜靜地走過這充滿荊棘的詩樂園，同時間留下了詩的呢喃與美麗的物件，供一個來自遙遠東方小島的女子憑弔再三。

妳將是我在俄羅斯的豐碩成果，關於我目睹了妳的存在，即足以撫慰我整個旅程的困頓與近乎是苦的孤寂。旅行竟然旅行到「受苦」的況味了，這也只有俄羅斯這樣複雜的子民所能給我的。而妳沒有，妳給我的苦味，帶著滄桑的了然與成熟的感性。

我飽滿地離開，並再三回眸。只消我在此城孤寂了，我即晃蕩至妳的庭院，讀起了詩，或者只凝視著一絲雪的墜下。

聽見雪的聲音。

雪音如詩。

雪，雪，雪。

51

愛情聞起來像是蘋果。

野蜜聞起來像是自由。

盛開花朵聞起來似血。

塵埃，恍似太陽光譜。

……

上帝——像什麼也沒有。

我隨意地亂譯著妳的詩。我想詩的模糊性之美就在此吧。

誰能說什麼樣的翻譯才能靠近妳呢。我在現場，我就靠近了妳。我的美人，妳的亡魂依然不朽。有時，我不免想我頗多重性格，因爲我總是喜歡女人甚過於男人，之於藝術家。

在現實生活裡，女人也都對我甚好，比之於男人。

這間房子有妳的另一段愛情。

在遠方只有風的迴旋音。

生命只關於記憶的記號。

什麼是記憶的記號？比如一段深邃的愛情，一個時間的參與者。

52

「你高興我來找你嗎？」妳問男人。

「我不是高興，而是一種快樂充溢，因爲這樣的快樂，所以一切事物看起來是如此的安靜和乾淨，就像被白雪覆蓋。我快樂，當妳在我身邊時。」

男人回答得如此細膩與冗長。

妳知道妳將被俘虜了，妳看著窗外的雪中枯枝，妳低語回應：「在冬季如此漫長冷酷的季節裡，只有這裡是溫暖的。」

53

我們一輩子能相逢相識相愛的肉身是如此地少，但我們一輩子能相逢相識相愛的靈魂卻何其多。

給我一篇詩，給我一篇小說，就是給我一個人的靈魂。

阿赫瑪托娃：「我並不常拜訪記憶，它總是使我驚奇。」

「記憶是詩人唯一的家」，這句話是我喜歡的詩人普希金所說的，我將它贈給女詩人。當我離開妳的公寓時，我並沒有離開，我帶著對妳的記憶，而記憶是我們唯一的家。

在這個文字的家園裡，我們是戀人。

我就是自己的審判者，
而且是最嚴格的

54

如果不是因爲美女，你可能不會那麼早死。但如果不是因爲美女，你可能不會留下那麼多歌詠愛情的詩作。

活爲美女，死也爲美女。

我盯著納塔麗亞的油畫肖像良久，其眞是美豔絕倫。

她的美帶有一種幻滅的美，足以把人迷住，也足以讓人爲她赴命，她的美也爲詩人的一生染上了血跡與傳奇。

你當屹立，靜定而岸然；
你是國王，國王有自己的生命。
你自己的自由的精神召喚你
要你完美你的夢開出的花。
世界將長久地，長久地
充滿你的血所寫的記憶，
在荒涼的海波中安息吧，
光輝的聲名將籠罩著你拿破崙。

普希金寫給拿破崙的詩，彷彿也成了自己的墓誌銘與預言詩。

詩人是預言家。

55

如果不是因爲你的靈魂勾引，我斷斷不會想再造訪聖彼得堡。

你們以自己的苦痛，燃燒靈魂火焰以照亮塵世。

這些年，我在世界的版圖裡行過無數藝術家故居，會見許多高貴靈魂。

我常自問，當生命一切終將成廢墟前，我將遺下什麼烙印予後人？

詩人說：不可重視衆人之愛，因爲他們嘈雜的掌聲總是消失得迅速，然後你就會聽見愚人的批判與群衆寒心的訕笑。

詩人又寫：生活在僻靜的一隅，從不去想痛苦與悲哀，只暢快地作個漁夫，飲食也都隨心所欲。

繆思就在眼前，何不邀他們前來。

「我常常很興奮，
把整個世界都忘記，
我結識的只是古人。」

56

邀一群繆思來饗宴，我結識的只是古人。
這也是我的生活寫照啊，不離不棄的精神戀人，神存在的印跡。

詩人寫：
月亮啊，你爲什麼溜走了，
消隱在那明亮的天際裡？
爲什麼曙光無情地閃耀？
何以我和她竟然分離了？
愛情，誕生了詩人，也呑沒了詩人。我心如秋月，教我如何說。

57

有成莫求讚美，
讚美存於內心；
你就是審判者，
而且是所有審判者中最嚴格的。

我就是自己的審判者，而且是所有審判者中最嚴格的。

人要自律，文學家的作品更是一種自律的意志與華采的才情兩相交鋒之下的表現。我就是審判者，我明白這句話。

在風雪中，徒步走著，腦中不斷盤旋的是普希金爲情而死的黑色髮絲，不再呼吸的面具……還有千金難換的字字手稿。我被照亮的旅程，竄燒著靈魂的篝火。

58

這裡有著詩人的悲傷印記，他爲了維護榮譽而死亡，但這個榮譽的核心卻是一場美女的愛情爭奪戰，詩人將浪漫傾注在鮮血上。

醒來吧，詩人！有什麼値得你嚮往？

詩人爲愛情獻祭生命，愛情卻注定如玫瑰凋零。這世間有什麼値得我獻祭？我在冰雪中，向詩人的亡魂取著暖，同時對自我叩問。

除了讀書之外，
我沒有任何的消遣

59

「他穿得非常寒酸，就是換成別人，哪怕是窮慣了的人，也羞於白天穿著這種破衣服上街。不過這一帶，就是這樣。無論你怎麼穿戴都很難驚嚇到別人。鄰近的乾草廣場、林立的酒館，以及在彼得堡中心這些大街小巷雜居的衆多工人和工匠、有時會爲這幅圖畫增添各式丑態的過客。人們當然早已學會見怪不怪了。年輕人的內心充滿對周圍世界的憤怒和輕蔑……」我走在大文豪罪與罰筆下雜亂的乾草市場，庶民氣味殘存。杜斯妥也夫斯基寫他喜愛乾草市場：「以狂喜的心情，彎腰親吻滿是泥濘的石頭。」

60

想像當年杜斯妥也夫斯基住在此地的艱困，而這艱困也爲他提供了小說的社會舞台：「隨著下沉的心情與顫動的神經，他走近一個傍靠著運河，俯瞰大街的大房子。這一座建築被分隔成許多間小公寓，裡頭的房客包括了各類型工匠：裁縫師、金匠、廚師、德國人、妓女、卑微的公務員。人們經由兩個馬車出入口進進出出。」別怕艱困，神的隱喻躲藏其中，於我這是可親的。

61

玻璃窗貼著杜斯妥也夫斯基的經典畫像：深邃的面龐上帶著謎樣的苦澀，近乎帶點禿的前額，瘦削的臉與下巴，突出的鷹勾鼻旁掛著一些絡腮鬍……整個人就是極其神經質的感覺。

他的妻子安娜初見到他時曾說：「他看起來比較老成，但說話又顯得年輕些。他的髮上抹著髮油，平順地貼在後腦杓。整張臉最讓人吸引的是他的那對眼睛，茶褐色的瞳孔，似乎沒有彩虹的影子。細小的眼睛下，卻有著謎樣的神色。憔悴的面容卻有著洞悉人世的眼神，極其不協調……」安娜也很適合寫小說。

62

晚年，杜斯妥也夫斯基嚴格遵守散步與寫作的時間表，然後由他一生忠心侍奉他的妻子爲他速記打字，於是最後的十幾年，可說是他最重要的創作時光。他手記著：「即使在牙痛中也有樂趣，我曾經牙痛整整一個月，因此我瞭解這種東西。當然，在這種例子中，人的惡意並不表現於沉默，而是表現於呻吟。……惡意是它的一切。」

「絕大部分時間我留在家裡，看書。我試圖用外來的力量窒息一切不斷在我心中滋擾的東西。而我所具有的唯一方法就是讀書。……我不幸的熱情是銳利的，除了讀書之外，我沒有任何的消遣。」作家的地下室，手記出生活的幽暗。除了寫作，我沒有其他的出路。

63

親自拜訪杜斯妥也夫斯基的故居，讓我更喜歡他的作品。

離開時，我又回望貼在窗戶的海報一眼。我發現他的眼神深邃如謎，但卻隱藏著很亮的光。

在風雪中走去地鐵站的路上，我不禁想著，眞正的文學家就是如此地自剖，不論他藉由各種故事或者各種人物，他都不閃躲。

杜氏是眞正的文學信徒。他在信仰下，不會去寫那些遮遮掩掩的東西。小說家必然得去探觸人性深淵的極致，而他的小說卻讓我心裡抵達戰慄的地步了。

時間已嫌不夠，沒有什麼事比讓自己成為善良親切的人更迫切的了

64

靈與肉，獸性與神性，飽經爭戰……曾經對生活也有過強烈慾望，但對求道也十分心切的托爾斯泰，一生從浪子、軍人、獵人、文學家、教育家、人道主義者（爲農奴改革），他經歷過很多的人生角色與掙扎，但最後他卻以「世界文豪」與「聖者」留名。這說來都是托爾斯泰一生不斷求革新的態度所致，也是他嚴以律己的表現成果。托爾斯泰曾經說：「文明越進步，越使人類的生活趨於醜惡。」

人爲什麼生存？在無可逃亡的死亡之下，人類應該如何生活？愛是什麼？神是什麼？信仰又是什麼？托爾斯泰總是不斷地叩問，總是不斷地反省以及檢視自我。

65

托爾斯泰信奉梭羅所說的：「假如我們能走出小我，即使只有一剎那，任何人也都會變成沒有惡念的人，而變成如明鏡玻璃能反射光的人……」篤信宗教的托爾斯泰其實還頗有「佛」家禪意。他的《復活》一書最能表達他對宗教與小說藝術的信念，耗時十年，幾經修改、重寫才完成的長篇鉅著，作家寫來辛苦，讀者讀來也不輕鬆。俄國的作家都很擅長寫「長篇鉅著」，他們很有耐性慢慢磨。而音樂家也擅寫交響曲，俄羅斯天大地大，小品文豈能滿足他們。他們總是四處昭告：「我要在此千年。」

66

「愛是神的本質之表現，愛是不能等待的，它只在『現在』這一個時刻表現。」圖拉的托爾斯泰書房是他最後的寫作之所。「人生是短暫的，我們在這匆促的旅行中讓我們的旅伴心情愉快，時間已嫌不夠，沒有什麼事比讓自己成爲善良親切的人更迫切的了。」托爾斯泰書房有一整排燙金百科全書，書桌上還擺著《卡拉馬助夫兄弟們》的書，聽說他當年離家出走的前夕讀的就是這本杜斯妥也夫斯基的晚年鉅著。故居紀念館將這本書攤開在托爾斯泰最後讀的頁數上。托爾斯泰是俄國人的良知，也是一盞在黑暗中閃耀的光。

67

寫作之餘，托爾斯泰也很熱中於生活事物，故居仍擺設著當年他騎過的腳踏車。我盯著腳踏車良久，想像著穿著儉樸白衣蓄著長白鬍的托爾斯泰騎腳踏車的模樣，一時之間，我恍然有個錯覺，好像托爾斯泰正從十九世紀裡走了出來。

故居，永遠少不得黑白肖像。

托爾斯泰個人的經典肖像是，長而發白的鬍子與一身素衣，柔和而清晰的雙眸。這樣的形象使他幾乎就是「眞理」的象徵。托爾斯泰的那一整個中外世代，都有這樣的相片被後人悼念。我有時候不免常想，黑白照相的年代將人的瞬間質感昇華了，誰能想像如果這些哲人和文學家被手機隨意拍攝，是否還能散發如此懾人的氣息。（再偉大或者再美麗的任何人都禁不起一個突梯的壞照片被一再地流傳）。

因爲黑白照相的質地情蘊飽滿，也常使我們有種錯覺，私心認爲過去那個年代比較美好。

68

當我走在晴園小路時，我尋找著托翁的樓房前有一株大榆樹，這株樹是作家每天清晨都要在樹下長坐之地，作家在樹下接受窮人的申訴與請託，托翁給予他們資助，故此榆樹被當地人稱爲「窮人之樹」。窮人之樹歷經兩百年已枯死，直到一九七一年感念此托翁情懷才又在原地種上一株小榆樹。我所見已是重新種植的樹了，樹雖在，但義行已不見了。俄羅斯面臨巨大的窮富兩端，乞討者與醉死路上者不少，但吃魚子醬的富人也不斷冒出。當我在榆樹下時，我不免想著，世間還有托爾斯泰？

這塊冰，燙著人間的哀苦禁錮

69

他的想像平台超越了當時文學的介面，他醒來變成一條蟲，使他一生都像變形，扭曲。

不僅人醒來蛻變成蟲，動物也可能蛻變。他寫過〈雜種〉，一半像小貓、一半像是羔羊的怪怪動物。鄰居孩子繞著他問：「為何偏偏只有這樣一隻動物？為何正好是我有了這隻動物？是否在牠之前就已經有了這樣的一種動物？牠死後會變成什麼樣子？牠是否感到孤獨？牠為何沒有生小貓？牠叫什麼名字？」他藉描述這些孩子的疑惑，表達了他對自己的疑惑。他常感到自己就是奇怪的動物，半貓半羊，半鬼半人的。貓和羔羊有著截然不同的惶恐不安情緒，這就是他。

70

他繼續忍受著「日常性的迷惘」。

他通常被叫做K，他創造小說裡的核心人物K，也轉成了他自己。他經常用顯微鏡觀察他自己，以至於他嚴苛待己如苦行僧。

他的國族稱他Kafka，K博士，這個字在捷克文是「黑鴉」的意義，因此他在其素描裡常畫著這樣的形象。我們中文世界叫他卡夫卡。一介夫子雙重被卡住的生命樣貌，就像K這個字在直立中也隱含著朝兩端探索的象徵，K在他的筆下永遠是一種無法融入體制的悲傷符碼。「人的腦中充滿許多混亂的東西……之所以如此也許是人們想把這樣多的可能性都集中在一個目的上。人的本質到底說是輕率的，天性有如塵埃，受不得束縛。」

71

「他雖然想成為一團火，但他卻是一塊透視苦難的冰。」這塊冰，其實很燙，燙著人間的哀苦禁錮與人性的卑微貪瞋。

72

寫作，是K一生的所有，但他過度謹慎與謙卑，又思索甚繁，對文壇名利又多少帶著隱形式的蔑視，所以在世時發表的文章寥寥無幾。又因其不以成為作家為目的，他追求的是寫作的可能與文學的藝術，因此要求甚嚴。藝術是「一種被眞實弄得眼花撩亂的存在」，他不虛無，他希望融入。但這庸俗的世界人子看不見他。

73

總是在很黑的房間，K寫著字，慢慢地寫，像是刺血抄經的苦行僧，像是肩頭綁上生死帶的西藏修行者，稍微不留心即墜於死的黑暗深淵。

他身影瘦削，攢眉深鎖，影子靜靜地跟著黏在紙張上，所有白日的苦悶與存在之思都從心中彈出，再反射至紙面上。

74

這些年他總是在寫信，爲了挽回或者離開，爲了孤獨或者有伴。他尋思自己究竟寫了多少信給菲莉絲？那些信，最後都像餘燼，化成煙。

75

那夜，離開馬克斯居所，他幾乎以一生少有的輕快步履走在布拉格的霧夜石板路上，他忽然覺得寫作光是寫得出色還不夠，他開始認爲應該還得有其他的生活作爲，包括應該要有個自己的家，那種「生活在眞實中」的貨眞價實。他開始認爲只有藝術是無法建設眞正的生活本身，雖然藝術在建設生活裡是完全不可缺少的，文學是祈禱文，而愛情是教堂。

他渴望愛情甘霖來濕潤他的乾燥父土。

寫信是文學家最擅長的古老表達方式。

76

寫給菲莉絲的情書。情書有開端，自有終端。求愛信他擅長，但他更擅長告別信：「親愛的，妳不僅寬恕我，還瞭解我，我們應該堅持下去，菲莉絲，不管發生什麼事，我們都應該保持鎮定，且不畏艱難地彼此相愛下去，多麼希望我強烈的愛，可以透過這些書信為妳帶來生命與歡樂。唉，然而我的軟弱卻只為妳捎來倦怠與哭泣，終有一天我會克服這一切。」卡夫卡的愛情信竟如此柔軟。告別信則苦痛，他吶喊著為何通往死神的道路上竟有那麼多的驛站阻絕著。他因愛而渴望活下去，在愛的面前。他一生都在紙筆裡度過每一個失眠的黑夜，在微薄的暮夕時光，紙筆如巨人手中的星球，他寫的每一個字都折射出有光的靈魂。

77

「這副軀殼已完全不適合人間——但卻還留在這個世界上。」

反反覆覆，菲莉絲還能承受卡夫卡這麼久簡直是奇蹟。失望之後，他又發出希望的信。「悲傷的甜美與愛情的甜美。舟中她對著我微笑。這是最美的瞬間。欲仙欲死，這就是愛情。」小說家談起戀愛頓時也都把藝術拋向遠方，而開始向普羅生活靠攏。

78

他想到K，被小說家創作出來的角色，生活在冷漠裡，無法被信任。K寂寞地踽踽人世，穿行荒蕪人生，K揭露的不是自己，反而是我們心中亙久以來的寂寞，寂寞無可奈何地成爲我們人類心靈的一個組合元素。

我們都是他筆下的K。

79

「我渴望活下去！」在眞愛面前，他懂得了分享生命的意義，他希望活下去。然而每天夜裡都有一隻貓頭鷹出現在卡夫卡的房間門口，卡夫卡將之視爲「死亡鳥」的象徵。

K自築的城堡，頓時瓦解。愛之渴欲來得何其漫長，他像是一個天眞的人卻掛著百年來的宿命容顏。生命冷冰如鐵，他以同情之筆塑造K，使人心冷酷顯現如圍城，在此失望封鎖的圍城下，卻反而讓我們高度產生同情心，在人群冰冷的人性中對比出K耀眼的火花。

80

死神仍然依照任務前來，派著祂的使者來到了他的床榻。卡夫卡聽見了那微細的拖沓沉滯聲響，卡夫卡嘆了口大氣，無奈且帶著抱怨的口吻說：「通往死神的道路上竟有這麼多的車站，這走得眞是漫長啊……」

81

「也許我的失眠是隱藏著對死亡的恐懼，也許我害怕睡眠時離我而去的靈魂——永不再來。」朵拉在卡夫卡過世後，她去了哪？她如何從最愛的世界裡再度重生？她曾是卡夫卡地牢生活裡的唯一燈火，地牢的主人消失，燈火也無須再捻亮，無人之所，照明顯然多餘。只有認識朵拉的人才會明白什麼是愛情。

82

我常想起一生多病的卡夫卡，仍伏案寫作的畫面。「自殺只是因爲失去意義而殺害自己，因爲人不能做別的，只有選取這最後僅餘的一條路走。自殺需要的不是什麼『力量』，唯一需要的只是『絕望』，放棄一切希望，而無須冒險。但我們要敢冒險，敢冒險就是堅忍，我們要一心一意地投入生命，將一切的困難皆視若無睹地活下去。」將一切困難皆視若無睹地活下去，活下去！即使生活摧毀了精神，即使現實吞沒了寫作。

肆：我的暗室微光

這些文字只是閱讀海洋的一滴水……
只是我正巧寫了它們
這一次，先讀愛情書
下一次，讀移動之書
2012?

恆常安靜的靈光片語

我愛赫塞，一直都愛。他的書一直是我年輕時期的身邊書，那些年他一直是我心裡的人。

於今我年紀已漸長，我希望赫塞的《鄉愁》仍然可以影響一代又一代的少男少女。

簡潔平實的文字力量，誠摯地覺察著生活細節與往事種種，對自然大地的臣服描摹，對感情與生命的幽微傷感……他就這樣地迷住了我。於今回想，還好當年我的偶像是赫塞而不是別人，於是我某個部分悄悄地被他形塑成今天的我，原來這一切都有跡可循。重讀赫塞，彷彿從書本裡走出一個不知何去何從卻又懷抱夢想與帶著傷感的少女身影……說來赫塞似乎扮演了我少女時期的精神導師，那種恆常安靜的靈光片語，帶著愁思真摯的美麗思想，時時激盪著年少的心。

漸漸地我們只能拼湊遙遠的過去

愛情總是連結著龐大的慾望與義無反顧的力量，爲此愛情才値得存在追尋。「約瑟芬不顧一切地想要我，這就是她偉大的地方，她知道什麼是愛情，而不要其他具有同樣價値的東西。」

相信愛情的愛情動物是無法忍受愛情漸漸無感的凋萎，信仰著愛情是無可取代。故事裡，幾對結婚的人各自交錯移位，移位再交錯，情愛與怨恨難以回到原點，一切都靠近眞相也失去眞相。愛慾宿命的織錦圖，已然在時光裡被支離破碎。生命的滂沱大雨與辛淚交織，是愛讓我們不斷地想要述說，但也是愛讓我們不斷地想要進入沉默。女人常是男人的提味品，男味也是難味，愛情難，因爲人之慾望從來都是雜蕪的。

一個人可以深愛兩個人，心的空間可小可大。

愛慾書寫，命運彈唱，是采露雅的永恆凝視，是《男味》的一帖悠悠蒼涼歌。在這片愛慾的荒涼之地，先走來了朝聖者，我們相互陌生卻傾心，接著走來了背德者，於是認出了我們彼此之間躲藏的黑暗與假面。接著走來了回憶者，漸漸地我們只能拼湊遙遠的過去，那逝去的風霜與風起雲湧的際遇。在采露雅的愛慾大海，我們跟著她的角色起伏在波濤裡，春天的夕照、漆黑的海岸、漂流的枕畔、潮濕的肉身、褪色的美麗……無盡的夜與夜，哭泣與耳語，最後引出了我們的殘酷與溫柔，引出了愛慾的花朵與腐朽。

愛情的實與幻全在此流瀉了

「人們還年輕的時候，生命的樂章剛剛開始，他們可以一起來譜寫它，互相交換動機……，但是，如果他們相見時年歲大了，……生命的樂章多少業已完成，每一個動機，每一件物體，每一句話，互相都有所不一樣了。」米蘭・昆德拉這麼地寫著，頗有滄海難爲水的況味。倒是覺得男女相遇和年歲無關，但和兩人的「際遇」有關，要是一方已爲餘生的情愛關了窗口，那麼僅剩的餘灰餘燼又如何燃起熱情呢，要是不幸地在某個時間節點上愛上這樣一個人，那麼鐵定是要苦了自己，因爲這種愛絕對是只能陪伴，只能祝福，而不會譜上結局。

「她體驗到奇異的快樂和同樣奇異的悲涼。悲涼意味著：我們處在最後一站。

快樂意味著：我們在一起。悲涼是形式，快樂是內容。快樂注入悲涼中。」《生命中不可承受之輕》的結尾，米蘭．昆德拉擊中了我的心情：高亢的悲涼與低沉的快樂，處在最後一站的悲因爲有他同在而忽忽又有了快樂。

愛情的實與幻全在此流瀉了。因果一體，從果實可以認出樹來，在愛的果實我們認識到愛。

「如是我們生命的每一秒鐘都有無數次的重複，我們就會像耶穌釘於十字架，被釘死在永恆上。這個前景是可怕地，在那永劫回歸的世界裡，無法承受的重荷，沉沉地壓著我們的每一個行動，這就是尼采說永劫回歸是最沉重的負擔的原因吧。如果永劫回歸是沉重的負擔，那麼我們的生活就能以其全部輝煌的輕鬆，來與之抗衡。可是，沉重便眞的悲慘，而輕鬆便眞的輝煌嗎？最沉重的負擔壓得我們崩塌了，沉沒了，將我們釘在地上。可是每一個時代的愛情詩篇裡，女人總渴望被壓在男人的身軀之下，也許最沉重的負擔同時也是一種生活最爲充實的象徵。」

薩賓娜又開始了孤獨的沉思：如果有一個指揮她的男人又怎麼樣呢？一個要控制她的人嗎？她能忍受他多久？不到五分鐘！從這兒得出結論，無論強者還是弱者，沒有人適合她。

青春靈與肉辯證之書，這書是我的愛情書，我一直把它帶上床，即使不讀，也有著撫慰。探勘存在之書，也標誌我青春的存在。

愛情離去時，也就是生命多了個記號時

「有時會因怨天尤人而永久地抹去那個倩影，有時又因極度的幸福而與那音容笑貌神交；不管怎樣地悲歡離合，我總是丟了魂。」法國羅蘭．巴特的代表作《戀人絮語》，幾乎已成了愛情精神學的解析寶典，交談、相思、依戀、呼喚、狂喜、獻辭、愛慾、懷抱、焦灼（膠著）、追求、情書、等待、默契、陶醉、豐溢、結合、僵化、慵倦、叨絮、爭吵、掙扎、漂泊、痛苦、傷疼、逆轉、醒悟、分離、回憶、遺忘……一見鍾情、多愁善感、無法理喻、一團亂麻、手足無措、騷動不安、無動於衷……再也不能這樣下去了……

這些詞彙皆出自羅蘭．巴特的《戀人絮語》，他解構了「愛情」的身心狀態，幾乎讓人拍案叫絕，「切膚之痛，這是戀人特有的敏感性；這就使他變得脆弱，禁不起最輕微的傷害。」

情人總是希望在彼此眼裡是獨一無二，且總認爲自己所經歷的愛情亦是絕無僅有的，並且不相信會再重複同樣經歷的愛情，然而就像羅蘭．巴特所說的，當他在其他場合再遇對象時，忽然感覺自身情慾的散發時，他終於明白「自己命中注定要在愛情中遊蕩，從這一個到那一個，直至生命的終結。」

有些人的愛情就如蝴蝶，一朵花飛過另一朵花，吸吮著那愛情的甜汁，以愛情維生者，一旦失去戀人，世界便陡然罩了黑篷般的烏雲，昏暗欲死。可當愛情重新蒞臨生命時，黑罩篷又瞬間被移開了。於是戀人不禁會懷疑起先前的愛情怎麼消失無蹤了，愛情的箭原來是可以再射中自己的。當然我們也聽聞過不少今生今世只有你，除卻巫山不是雲的情愛，愛情的某些位置當然無法被替代，例如「初戀」、「夫妻」，這類名詞都是發生在愛情特定時空，無人可以取代，即使後來之愛情濃度高過前者。然而生命的「印記」已然著痕，這常常已無關乎愛情本身了，甚至我們必須血淋淋地說，愛情離去時，也就是生命多了個記號時。

愛情的位置雖難被取代，但愛情種子遇風會再萌芽的。生命雖然各有自己獨飲的杯，但也千萬不要癡心至以爲「只有你」的絕望啊，有時生命如被野狗追，不跑到盡頭不會知道下一站有誰在等著和我們相遇呢。讀《戀人絮語》，追憶或珍惜愛情，都讓我更了然愛情本身的幻化多端，它的到來與遠逝，最好只能祝福。

他只能回到原初，不斷地眷戀著母親的溫暖洞窟

作爲法國作家羅蘭．巴特的文學信徒，看到他的《哀悼日記》出土，讀來實在是驚訝又心疼。巴特那種無以言說的慯慟浸滿紙頁，和其非常結構符號的過往，通篇竟是四處斷壁殘垣，被悲痛切割成的碎片碎句，顚顚悠悠的恍惚，慯喪歲月的不可逆轉，人子頓時失去精爍明亮人生，如此纏綿悱惻，讀來不怎麼羅蘭．巴特，但卻又是最眞的羅蘭．巴特。

母親是人子的永恆戀人，更是羅蘭．巴特的美好原鄉。和守寡母親相依爲命，母親是他一切的歡愉，也是巴特從小到大的核心，有母親在的地方就是明亮世界，於是失去摯愛母親，巴特頓時像艘被切斷纜繩的船，悲傷的迷霧阻絕了前進的方向。母親的死去，引發巴特無數的病症，

他沮喪頹喪，他煎熬折磨，他有被棄症候，他局部性失聰，他惶惑焦躁，他噁心欲吐，他噩夢不斷，他枯竭昏沉，他心不得安，他泣不成聲，他心如刀割……戀母的病症，以此爲最。

喪慯是被棄，死者是對生者的遺棄，巴特像個孩子，感到世界全捻上了熄燈號，姆媽去了哪，而他又將去哪？如何能回到沒有她的地方？家就是母親，沒有家的孩子。

這是羅蘭．巴特的另一本《戀人絮語》，另一本《明室》的反面。時間急馳如彗箭，屢屢射中我們對愛戀之人的回憶。這也是被挖掘出來的日誌，於是我們見到了在黑暗地獄尋母喚母的文學大師心靈，如此可貴，但也如此不忍。我在想，這樣的出版，是否是巴特所願？但說來是讀者福音，彷彿通過巴特筆下如此強烈的戀母失母的苦痛，我們也受到了同樣的波潮與震盪。失去愛人，我們也都在學習喪慯的路上。

死亡是全新的馴服，我不想孤獨但需要孤獨，不可逆轉，無以挽回，沒有討價還價——多麼羅蘭．巴特的字句。眞眞切切，叨叨絮語，語言像是在對我們耳語似的。閃逝的靈光，刷亮我們心中的悲傷暗室。不會消亡的回憶，母親撒手而去形成了人子的時間靜滯，他只能回到原初，不斷地眷戀著母親的溫暖洞窟，我以爲《哀悼日記》可說是巴特的人生總譜，創作力量的源頭。

巴特說喪慯來襲就像愛情，此書可說是比戀人絮語還要戀人絮語，就像戀母絮語，最終巴特以文字和母親合而爲一。巴特的復元來自於「寫作」，他寫出積鬱，轉化心靈危機。巴特總是睿智過人，喪慯歲月就是感知一切，寫下一切，即使是碎裂字句，卻也照亮讀者耳目。巴特是文學裡的微火之神，面對苦痛毫不遮掩（或也因沒有要發表而不閃躲？），巴特遺留的手稿給了我們另一個羅蘭・巴特——這是眞實也是最破碎的羅蘭・巴特。

揭去一切甜蜜紗幕

《簡愛》簡直是女性版的《唐吉訶德》，只是女性想要改造的是自己的命運與愛情，而男性如唐吉訶德者想要改造的多是政局與社會。我自我提問，如果是我，我會怎麼做？夏洛蒂寫：「習俗不等於道德，僞善不等於宗教，抨擊前者不等於譴責後者。揭去法利賽人臉上的假面具，不等於向荊冠舉起不敬的手。」僅活三十九歲的夏洛蒂，在寂寥的荒原上所做的人性呼喚，那人性的呼喚也就是對愛情的深切呼喚。揭掉羅曼蒂克的甜蜜紗幕，愛情剩下什麼？吳爾芙：「作者拉住我們的手，迫使我們跟她一路同行，讓我們看見她所見到的一切。最後，我們就完全沉浸在夏洛蒂·勃朗特的天才、激情與義憤之中了。」

愛情，其美好恍如一瞬，其苦痛卻常綿延成一生……

《愛情沒那麼美好》，如法國作家紀侯所言，愛情本身就是不美好，具有缺憾本質，走向圓滿的愛情其實就是注定愛情會消失。人竟不是因爲圓滿而幸福，卻是因爲缺憾才自覺人生「有過」而不至於虛無。不美好意味著未完成，有失落就有期待，沒有結局就有想像。

愛情不該有結局，愛情只發生在愛情發生的路上。

紀侯總是幾筆白描就能輕易勾勒愛情這朵花歷經的時間枯萎，以簡筆寫繁複，就像素描，看似簡單，其實最需功力。十一個短篇故事裡，故事並無明確主角，也沒有前因後果，全以愛情的來與去爲注目焦點，在愛情的起點與終點裡作者書寫發生其中的刻骨銘心、生離死別、荒謬情境、戀人絮語、牢固習慣、生活物件……

我最喜歡的篇章是〈恰當的位置〉，將一個死了丈夫的女人的「心理」位置與外人看其眼光的「位置」很巧妙地以幾個簡筆就寫出了哀傷的深度。「那個時候，我還不知道我們可以生活、工作、開玩笑同時心如刀割。我還不知道逝去的生命可以讓你透過他的缺席而存在。……我不知道死者的位置不停變動，她與周遭合而為一。……我完全不知道，我們可以傷心欲絕同時全神貫注地工作，精神崩潰又笑容可掬，悲傷又自在，蒼涼又愛戀。」這一段寫出了人的「非單一性」，愛的「非單一性」，但問題是這人世的目光又何其「單一」，何其「表面」。

「自從你不在以後，我養成在黑暗中自說自話的習慣。」愛情的起先都是一個人衝動地迎向另一個人，愛情要具有這種甜美的衝動性與激情的迷惘性。然不論結果為何，愛情終將拋棄我們，使「我們」變成「我」，使雙數變成單數。我認為紀侯是這樣看待愛情的：愛情沒那麼美好，在於其最終揪心的孤寂。

愛情，其美好恍如一瞬，其苦痛卻常綿延成一生……而我是這樣看待愛情的，愛情沒那麼美好，在於最終被愛情的他者或慾望吞噬的「我」是再也無法恢復原型了，甚至我還拋棄了我。

很多東西都沒有改變
過早到來的夜的濕潤

寫《莒哈絲傳》的阿德萊顯然在寫之前即知道自己將被莒哈絲幽靈召喚，以至於在行文中可以見到阿德萊處處避免掉入「莒派」腔調，那種帶著不拘的流動文體、破碎的、口語的、耳語的詩文都在阿德萊的文字裡化成了更敘述、更理性、更邏輯的「傳記體」。

往往寫知名人物生平或研究也可爲書寫者加分或「加名」，人們因爲注意那個知名人物而連帶注意書寫者，這就是爲什麼「傳奇」總是像堆積木般地不斷攀高，阿德萊深知寫傳記的陷阱，於是她帶著嚴苛的目光來解剖被傳奇化的莒哈絲，「必須到別的地方去尋找。」她必得走訪越南，看看莒哈絲十八歲前開墾慾望的異鄉，一九九六年夏阿德萊來到遙遠的印度支那，她真切感受到莒哈絲筆下的《情人》氛圍，她看見西貢有成千上萬的未刪節版《情人》在販售，她看見電腦被擺在竹籠裡賣，竹籠到了夜裡抓老鼠……，她看見電影院放些台灣拍的淫穢電影，下午情人坐在坑坑窪窪的皮椅……夜幕降臨，街區的妓女就把客人帶到這裡了。很多東西都沒有改變，……過早到來的夜的濕潤。

阿德萊也說常被絕望籠罩的莒哈絲其實不排斥生活本身，也說她早期會到咖啡館或是跟當地人聊天，瞭解一些風俗。至於出入社交界，她也有過相當長時間媒體的親密期。她也常應邀參加許多家庭的晚餐，也出席許多的雞尾酒會，也因而在那裡認識了各界人士……莒哈絲沒有那麼「絕望」，雖然離開派對後她掉入絕望，但她在深淵裡還能有向上拉升的能力。

阿德萊有一部分化成了莒哈絲，那是阿德萊的「文字」，當阿德萊擷取片段的莒哈絲文字時，她就成了莒哈絲了。莒哈絲的文字就像這本書裡的螢光記號，不斷地跳躍在閱讀者的目光下。

阿德萊知悉莒哈絲說過：如果事先知道要寫什麼，那就永遠也寫不出東西了。但是她也深知寫傳記所站的位置是「歷史」還原，她抽絲剝繭莒哈絲漂浮在記憶的「意象界」，阿德萊以現實採訪與閱讀的功夫直接進入莒哈絲更晦澀更赤裸的作品意識核心，解讀莒哈絲語言的深奧處。

阿德萊是敢於批評的作傳者，她寫出莒哈絲討人厭的個性以及那些重複的作品。但同時間，阿德萊也深切以同理心站在被寫者的位階，她在序裡就開宗明義地道出寫這本傳記的始末並點出莒哈絲的矛盾個性。「我、她，是個畢生爲遭到劫掠的童年而哭泣的人，是個捍衛自己不同風格的寫作的理論家。」

「很多人都接受了這場追尋眞相的遊戲，爲了她。」我以爲瞭解或解開莒哈絲之謎不重要，但是讀這本書卻很重要，因爲阿德萊顯現了寫傳記也可以很迷人的美麗可能，自此，傳記是獨立的書，而不是人物的附庸。即使他們彼此的魅影濃得如此化不開，莒哈絲說：「我像野人那樣的工作。」阿德萊承接了這樣的野人熱情，並一舉將這樣的熱情傾注於說這句話的人。然後兩個人在書寫與被書寫中一起發光。

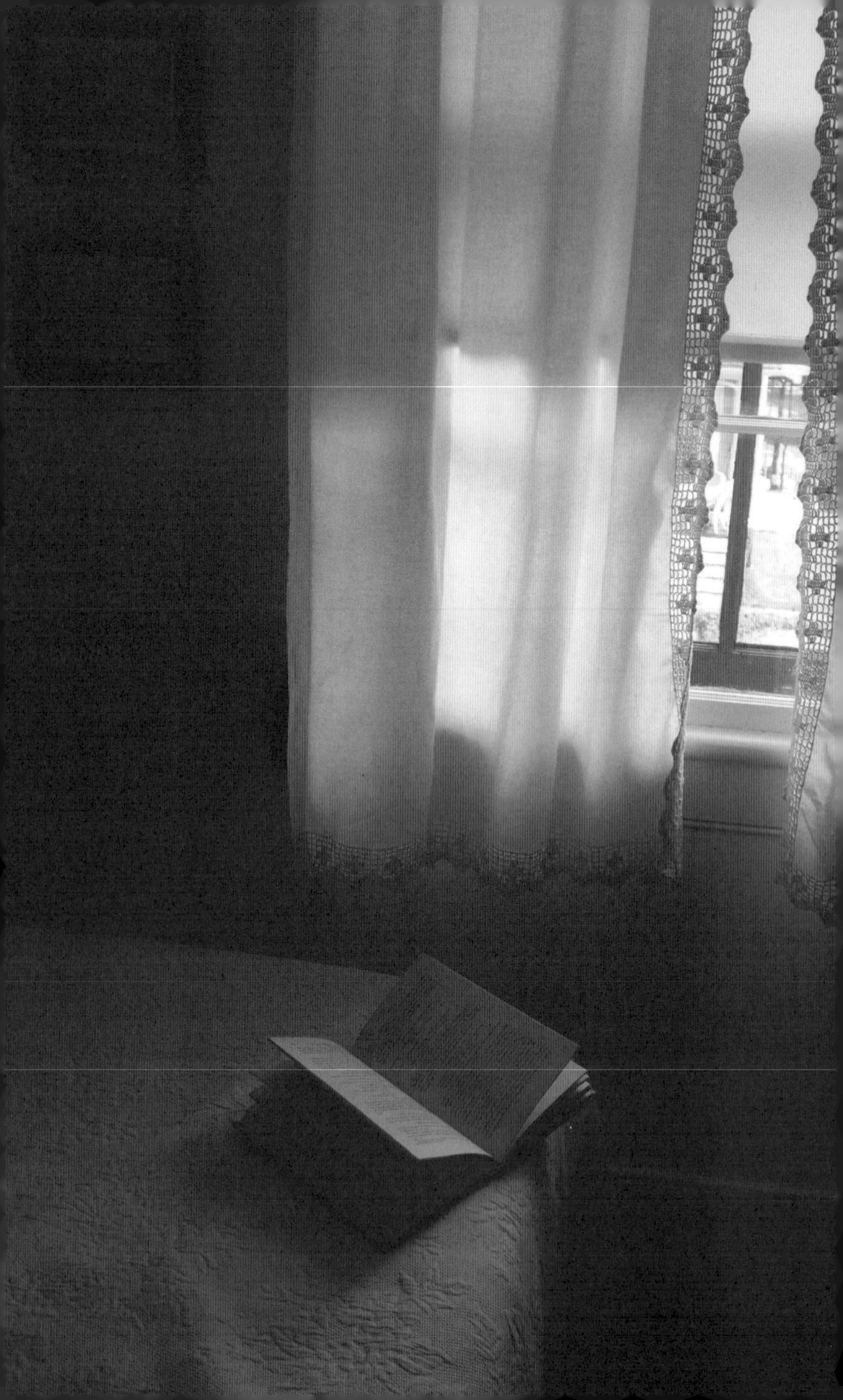

魔不可怕，重點是要能與魔共舞

馬奎斯寫《百年孤寂》寫到最後邦迪亞上校死亡時，馬奎斯抑遏不住地在打字機面前落了淚。敘述者和被敘述者在那一刻命運一體，作者化爲書中人物，虛構成了眞實。同樣情況，莒哈絲筆下的許多女主角幾乎都是莒哈絲的化身，或者更該說莒哈絲寫著寫著，突然自己也跟著人物中魔了。以創作者看創作者，我得說如此之「中魔」是令人殷羨的，那意味著書寫者完全進入人物核心，書寫凌駕一切，已是筆墨熱燙，文字燒灼，抵「如火如荼」境界了。

莒哈絲的作品主要都是自傳色彩濃烈的作品，表現了社會之外的另一個底層意識的我。評論者提及她的作品風格深具無拘無束之美，而文字特色咸認爲她注重留白，文字和音樂和詩意有深厚的連結關係。莒哈絲則說這是一種「流動的文體」（une écriture qui court），也就是像流水一般流動自如的文體，不斷向前流動而去。不拘泥在某個事物也不加以區分箇中差別，像是打開水龍頭般地順著地心引力滴落。

《勞兒之劫》的書名一直沒有統一譯名（亦有直譯《羅兒・范・史坦因的狂迷》），書名難譯就如同莒哈絲的文字之漂流斷裂一樣「多義」，讀不同譯本幾乎就是不同的感受。多義詞或雙關語一直是莒哈絲擅用的，《勞兒之劫》第一句寫了勞兒生在沙塔拉（S. Tahla），沙塔拉，譯者也巧妙地用了中文的多重性來呼應莒哈絲，「沙」，飄忽不定，「海水一塊一塊地淹沒了藍色的沙洲，沙洲則同樣的緩慢漸漸地失去了自己的個性，與大海融爲一體，這片沙洲這樣了，其他的在等待著它們的輪迴。沙洲的消亡使勞兒充滿了嚴重的憂傷……」莒哈絲永遠擅長將人之精神託寓於境外「意象」，藉著意象再兜回精神，然後纏繞不休。

《勞兒之劫》被稱爲莒哈絲最好的作品之一，裡面那個被未婚夫拋棄的勞兒・史坦因輕飄卻又沉重，勞兒・史坦因的迷惑是：在遺忘裡她記起遺棄，而閱讀的我們則不禁跟著她一起發問：「是怎樣的情愛魔魅可以在跳了一支舞後，忘記等待在旁的那個人？」

莒哈絲的確是跟著筆中人物中魔了，因爲「勞兒」是眞有其人其事。莒哈絲在某個節慶日去了精神病院，遇見了一位面部絕對平靜，舞跳得極好，但實則是精神分裂的重患者。莒哈絲「迷」上了這樣的異質，她一直關注創傷、著魔、迷狂……接著是跌進自我深淵。一九六四年莒哈絲完成《勞兒之劫》，在吾輩尚未出世時即完成了一種新小說的輕質重痕美學，文輕意重，莒哈絲創造了小說人物的同時也創造了自己：愛情傷痕皇后。「勞兒」成了莒哈絲形塑女人的內我原型，她指出人都隱藏瘋狂的因子，問題不在這個因子，而在於「際遇」的撩撥、挑逗。

談《勞兒之劫》必然得提及精神結構主義大師拉岡（Lacan），因爲勞兒這個人物也勾住了拉岡的目光。拉岡把勞兒放在精神分析上，認爲莒哈絲並無意昇華個人在愛慾苦與際遇磨難，但我看來這樣的「無意」卻正好是莒哈絲的「有意」，是隸屬於創造者的內我神話建構，這樣的建構支撐了莒哈絲往後的各種人生困頓，包括作品被批評的沮喪等等，她因此強大自己而穿越俗世眼光。「勞兒」這個角色的出現，毋寧是替莒哈絲的漂泊人生定了錨，莒哈絲自此明白人生一切都可以「被創造」，即使是發瘋。

「人們要清楚明白她所寫的東西，需要十年的時間。」拉岡說。莒哈絲通過評論界讚譽與俗世目光不僅花了十年，她幾乎傾其一生熱情。如果說《勞兒之劫》給了我什麼樣的閱讀啟示，我會說，「魔」不可怕，重點是要能「與魔共舞」，能共舞就無畏在人生舞會出現了何等致命的人物與勾引。

讀《勞兒之劫》應該要續讀她的小說續集《愛》，莒哈絲在《愛》這部作品裡同樣描寫愛將如海沙如灰燼般杳遠，卻又讓人爲之心碎。一如讀《情人》應再讀《中國北方來的情人》……莒哈絲海岸，總是一波又一波地打上敏感者的心。

屢屢讀莒哈絲作品讓我思及金聖嘆說過的話：大家都想成佛，而我想成魔……，成佛或成魔都是一體兩面，問題在於佛魔者的氣度氣魄。在這一點上，莒哈絲的《勞兒之劫》是有剖開細瑣神經的力道，那除了敏感，還需要一種誠實凝視自己的氣魄，也因此氣魄之訓練，她才能在一九八二年時以幾近七十高齡回顧了十五歲半的初體驗。在此我只想和她跳一支舞。跳完舞後，每個女人都發現自己成了「勞兒」，被莒哈絲「劫持」了。

人的感情卑微渺小
但悲傷卻是巨大的

一直很喜歡卡森．麥卡勒絲的作品，十多年前首次接觸她的《傷心咖啡館之歌》（The Ballad of the Sad Café，這可是正宗的傷心咖啡館之歌）就被那全文所充斥的荒涼卻又極其獨特衷情的氣氛給著迷了。

她的小說永遠以邊緣人物爲軸心，場景總是環繞遠離文明繁華的荒涼小鎭，筆調常看似冷漠實則隱藏深情，就像她筆中的小人物總是活得那麼壓抑卻又沸騰眞切，在生活的單調緩慢裡漂流，懸浮在光亮與黑暗的邊陲，生命總是有突如其來的撞擊，感情最後常被狂燒得僅剩餘燼，但底層卻又極其堅毅。即使小說人物的感情與生命是如此地蕭條與無奈，但麥卡勒絲的小說卻是好看的，吸引人的，故事行進不疾不徐，筆下人物深邃讓人難忘，幾乎在閱讀時，讀者的心跳會隨著人物一起呼吸，一起緩緩地跳動。

卡森．麥卡勒絲是我喜歡的女作家，主因是她的人和她的作品極爲獨特。可惜麥卡勒絲早凋，五十歲辭世，以致作品不多。年輕時她曾北上紐約，原本要去讀朱莉亞音樂學院和哥大，據說有一回她不愼在地下捷運掉了所有的學費，此後即放棄了音樂生涯。這實在是夠傳奇的一則事件，若以小窺大，或可瞭解她性格上某種不在意主流價値的個性了，或許她能如此關注於邊緣或者殘疾的人物是因爲她個性裡隱埋了這樣的獨特因子。

麥卡勒絲的作品特色是在描繪人的孤寂和對愛的渴求上特別深刻精緻，形式且富創造性，角色的內心世界立體浮現，讓人十分動容。她的小說是南方的，所以角色暗藏著黑和白的種族衝突與融和，人和人之間衝突過後所瞭解的相濡以沫。在荒涼小鎭上住著一些奇特的人，或許因爲特殊所以讓人讀後印象深刻。即便我十多年前讀的《傷心咖啡館之歌》，到現在我仍然記得那咖啡館裡六呎二吋（一八八公分）高的怪異女店東，還有那個獲得女店東青睞的駝子。就像讀畢這一本**《心是孤獨的獵手》**，瘖啞者辛格和安東尼絕對讓人讀來過目不忘，還有酗酒者布隆特等，由於人物刻畫成功，所以即使小說小鎭的背景或是歷史（三〇年代）已然離當代生活遠了些，但麥卡勒絲的小說卻仍在時間的汰換裡讓人今日讀來依然有歷久彌新的況味：那況味是人本身共通的孤寂，那況味是人世普遍性的荒謬，那況味是人對於情的永恆懸念……

《心是孤獨的獵手》是一本以人為本的小說，單一章節所敘述的就是某一人物，或許這樣的敘述方式會讓人有一種人物在彼此交集或事件發生上有故事進行得太過緩慢之感，但這樣的節奏卻正好就是麥卡勒絲所欲鋪呈的形式，她藉著緩慢的人物心理與互動猜妒裡勾勒情節，特寫之後才慢慢拉開場景。

《心是孤獨的獵手》這本小說一開始就非常地吸引人，敘述一開始有如電影鏡頭，小鎮漸漸走來了兩個總是膩在一起的啞巴辛格與安東尼，模樣個性完全不同的二者有著因為殘疾而萌生的友誼，描述啞巴生活的氛圍打從小說一開始就十分動人。第一部第一章書寫啞巴不離不棄的十二年同居友誼，節奏高潮是胖啞巴安東尼莫名瘋了，被送到精神病院前，辛格所流露的絕望與安東尼無知於辛格的悲傷對比，在辛格巴士送行時安東尼卻只盯著手上的便當看，此場景讀來有種泫泣感。

甚至連他們過去同居的房子辛格都無法再住了。小說接著以章節陸續上場酗酒者布隆特、喜愛音樂的獨特少女米克、餐廳老闆畢夫與老闆娘愛麗絲、黑人醫生柯普蘭……。第二部結尾是整部小說最動人也是最高潮處是：去精神病院探望安東尼才發現他死了的辛格在陌生的車站旅店內舉槍自盡。

麥卡勒絲用一種極其緩慢的過程將辛格對於安東尼的感情的無可取代狀態描摹得

十分細膩，哀戚感滲透在閱讀的目光裡。

《心是孤獨的獵手》某些氛圍常讓我聯想起卡繆的《異鄉人》，瀰漫著無比荒涼的人世晃蕩感，排遣不去的寂寥，某種無可奈何的際遇……非常「存在」的小說，似乎宣告了「人不是一般的存在，人是獨特的存在」，但荒謬的是，所謂的獨特存在卻是以一種殘疾或是邊緣如黑人在那個年代的身世悲歌現身。作者賦予了《心是孤獨的獵手》裡的角色對他人情誼的無條件眷懷與關愛，隨著主角辛格的辭世，小鎮裡的人也在陌生人辛格走進生命又淡出生命後看見了失落的人生，失落的自己，小鎮裡的人重新目睹了自己匱乏生命裡的一些擁有。沒有人是完全匱乏的，也沒有人是完全擁有的。

「他冷靜地使自己鎮定下來，等待清晨的陽光。」小說結尾，一種隨著凝視逝者遺物的哀傷心情漸漸淡出，光線穿刺黑暗的幽幽氛圍。故事可道盡乎？原來小說處理的故事情節永遠只是背景，真正小說要說的是人物。

《心是孤獨的獵手》也讓我浮現起（也是我所喜愛）美國著名畫家愛德華．霍柏（Edward Hopper）的畫作「餐館裡的陽光」、「加油站」、「鐵路旁的旅店」等，畫面景物蒼涼，人物孤寂，在一種無止盡看不見的俗世纏身裡，人的感情卑微渺小，但悲傷卻是巨大的。在麥卡勒絲節制的筆調裡，我們閱讀的同時間卻也被渲染了一身道不盡的蒼涼。於是閱讀完畢，人物卻走出了小說，跑到了我們的日常生活裡，悄悄地這些人物在對我們耳語著他們內心隱晦神秘的悲喜之情。

在破碎之後，都可以重拾生活

《奥德賽》是所有歸鄉故事的原型。不斷自我辯證人生旅程，人為何上路？經歷什麼樣的冒險？又如何決定返鄉？返鄉之後又將面對什麼樣的結局？結局會引發人的瘋狂或者是安定？歸鄉之後，難道鄉愁即解？所歸之鄉還是原來的那個「鄉」嗎？

「他太太無須生活在廢墟中。」這句話可以解釋徐林克是如何在處理女性，深受男人總是出外革命或者打戰之苦的女性，她們成為家庭的支柱，她們善於防衛自己的世界與建構兒女的未來，那就是她們絕對要將過去掩埋，無須生活在廢墟中。因此我們也能理解在《歸鄉》裡的女性角色芭芭拉、我的母親、祖母以及無數和「我」邂逅的女性都帶著一種奇特的感情結構，在破碎之後，都可以重拾生活，堅強有韌性，即使只是萍水相逢。這似乎揭露徐林克的感情觀：「愛不只關乎情感，更是關乎意志。」在混亂的當代愛情裡，我們早忘了有白頭偕老這種關乎「意志」的東西了。

徐林克的小說「愛情」情調在懸疑之外常另闢感情蹊徑，走溫潤感性人文路線，按理處理戰後其實可以環繞在更多的「愛的扭曲」與「棄的變形」上，就像康拉德的《黑暗之心》，旅人回到文明城市後，是再也無法生活了。但徐林克沒有這樣的黑暗與扭曲。小說結尾，徐林克讓遠赴紐約尋父的「我」回到德國時，女友芭芭拉沒有離開，一切都沒有變心與變質，彷彿他不曾離開似的。「你喚醒了我的渴望。」其實我最喜歡的反而是徐林克在《歸鄉》書寫的愛情，芭芭拉與彼得的愛情曲折，毋寧更是我把目光牢牢釘住的情節。

「你也脫掉，我想感覺你。」這是徐林克的語言，從日常脫離的戀人絮語。

多重視角碎片拼貼心理幽微

我本來以爲認識托爾斯泰這位大文豪並不太難，原因是他的思想主軸有其清晰的變化，從貴族變成爲農民與窮人發聲，在小說與思想著作裡有歷歷著痕之處。加上其創作帶有「寫自己」的特性，每個時期作家的思想歷程都能隱藏在著作裡，我以爲認識托翁除了讀其作品外，若能加上探訪其故居，應該就能進入托爾斯泰的世界了。

但等我讀了《為愛起程》這本以托翁爲敘述核心的小說後，我才發現世人所以爲的托爾斯泰不僅太單一了，且還缺乏瞭解托爾斯泰迷人的深度與多樣丰采。《爲愛起程》就像作者傑伊．帕里尼後記所言：「透過萬花筒盯著一個恆久不變的影像。」由環繞在托爾斯泰周邊重要的人物所構成的「萬花筒」觀點，來盯著一個恆久不變的「托爾斯泰」影像。

萬花筒人物首先上場的是托爾斯泰一生的親密妻子索菲雅，接著他晚年的私人秘書布嘉科夫、馬可雅夫斯基醫生、女兒莎夏、塔妮雅和陪他最後時刻的伽科夫。

托爾斯泰的最後一年爲何重要？

因爲托爾斯泰的最後一年幾乎可說是他一生的回顧與總結。

他在最後一年做了一個足以讓他致命卻又讓他聲名不朽的關鍵性事件：他逃離家園，搭上火車，最後客死站長室。他爲何要逃離美麗遼闊的莊園？爲了實踐什麼理念？如果沒有如此驚心動魄的出離他地，托爾斯泰最終也許還是落得一個「只寫不做」的貴族。

瞭解這個背景，或許讀者方能進入《爲愛起程》這本小說的迷人世界，《爲愛起程》的迷人世界是由「獨白」「日記書信體」與「回憶錄」交織而成。多重視角的碎片卻拼貼出精采大文豪的心理幽微肌理，從現實出發的虛構小說，卻比自傳體更貼近眞實，這是小說發亮的光暈所在。

托爾斯泰客死火車站長室後，許多人都怪罪他那貪圖權勢且又被恐懼佔據的妻子索菲雅，但在《爲愛起程》裡我們卻反而可以讀到索菲雅性情中人的一面，那種對托爾斯泰全心全意的愛，無人能及，無人能奪。

從《爲愛起程》裡，也可以讀到多樣性的托爾斯泰，俗與聖，靈與肉，人性與神性，惡性與善性……我們看見托翁在不同人的眼裡比較眞實的「世間人」樣貌，而非像是個聖人的虛假。托爾斯泰也曾對生活有過非常強烈的慾望，但另一方面我們又讀到對教義與人道十分關心的托爾斯泰，托爾斯泰眞實的人生曾經歷浪子、無法完成大學教育的退學者、軍人、獵人、地主、文學家、教育家、人道主義者，最後他以不凡的「世界文豪」與「聖者」留名。這說來除了是托爾斯泰一生不斷求革新與凝視衆生的態度所致之外，也可說是他嚴以律己的表現成果。同時我們在《爲愛起程》裡讀到他的眞實書信，動容於他將自己置之度外的高貴情操，明白他在最後一年的堅持是多麼重要的決定，奠定其聲名外，還讓世人理解他是一個眞正自我思想的實踐者。

我在閱讀《爲愛起程》時，不免也重新倒帶當我旅行至托翁故居的諸多感懷。

托爾斯泰書房旁還有一個大書房，這一間是幫他謄稿者的書房，晚年托爾斯泰眼睛看不太見，由他口述，打稿者打字。這個打稿者即是《爲愛起程》的重要敘述者：托爾斯泰的私人男秘書布嘉科夫的房間，我以爲布嘉科夫這個角色是《爲愛起程》迷人的敘述之一，另外的迷人角色當然是妻子索菲雅和伽科夫了，索菲雅幾乎可以說是托爾斯泰的另一個對立寫法。我曾在索菲雅的房間盯著她和托爾斯泰的合影，她依偎在大她十八歲的丈夫身旁，她那神情啊，簡直是許多女人嫁得才子的滿足樣本，索菲雅的一生都爲托爾斯泰而活。索菲雅是我戒愼恐懼的女人樣本，但在《爲愛起程》裡，這個角色卻是最吸引我的。

天使不會出現，天色永遠不亮，惡夢還在繼續……

雅歌塔的成名作《惡童日記》曾經像我童年流徙的片段再版，那些黏濁在宛如陳腐壁紙細縫的不堪或者淚水，似乎並無意隨著成長和自己和解。

《惡童日記》是人與人之間那無意義的殘虐與傷害的再現，是凝結在每個敏感心靈的殘痕記事，這是雅歌塔一生的敘述基調，無從偽裝的荒謬哀傷，像是一種不醒的小夜曲或是不止的迴旋舞，不斷悠盪迴旋，如魅影之虛。

架構在現實基地下的魅影之虛，是雅歌塔企圖穿透《惡夢》之境，是由每個心情碎片交織成的惡夢組曲，裡面沒有安魂效果，只有荒謬得讓人想要發笑卻不妨想掉淚的一種淡淡情懷。那只有透徹者如雅歌塔才能看穿現實厚泥下那可貴的春天小芽，只是那不斷抽長的小綠芽很快就會被排山倒海而來的人世孤寂或者荒謬處境而踐踏枯萎了。

《惡夢》如碎片組合，如惶惶囈語的牢房，在極小的篇幅裡，卻讓人讀得津津有味，小品裡的大交響曲。《惡夢》沒有主要劇情，只有碎光碎影強烈掃射人心，像是爛泥裡的爛泥，每踩一步就又陷得更深；是蜘蛛網織了又破了，是不斷地等待果陀又失去果陀，是小市小民在時光逐日下靜靜死了心的歲月痕跡……《惡夢》指出人的存在最後都剩一則則無法被穿透的陰影，我們是彼此的陰影。

人的粗糙與自我防衛對待，使得傷害累築而不自知，誤解誤判誤會的荒謬劇恆在日常上演。《惡夢》指出人的日常是一種巨大荒謬的囈語所串成的牢房。如何走出《惡夢》？除非醒來。然則醒來更殘酷，這人世不斷重複的無聊，這人與人不斷重複的傷害，這場景不斷重複的風景，荒廢的屋子倉庫、永遠沒有火車來到的車站、永遠撥錯的電話、永遠空空如也的信箱、在荒野的流淚乾屍、不斷迷路的街道、相仿的沒有出口的廣場、讓人想笑又想哭的角色（父親、母親、丈夫、老師、作家、小提琴家、小偷……孤單的老人與小孩和狗兒……）。

一座城市的人心空殼，永遠有目標卻抓不住目標的無止盡流蕩，這是雅歌塔筆端下的生活泥濘，泥濘復泥濘，天使不會出現，天色永遠不亮，惡夢還在繼續……

說寓言太沉重，雅歌塔其實只是為那些不斷因為重複的沉重日常而所失眠的人譜著夢的小夜曲。

「藝術家與所有『為己』的人類分享共同的境地……在我們溫暖而骯髒的土地之上，在一個冷酷而空洞的天空之下。」北歐電影大師柏格曼曾如此為其影像自白，而雅歌塔的《惡夢》卻正好勾勒出如柏格曼良知般的當代生活人心樣貌，具體而微的小縮影，是「溫暖而骯髒」，是「冷酷而空洞」。

啊，在人的土地之上與天空之下，在失眠的夢的漂流暗房裡，我打撈到什麼？我再次問自己，就像我問著我的夢一般，如預兆的夢。

無物不獨　無人不孤

空間微小，邊緣，靜默，古老，像**黃碧雲**。也像我念大學時戲劇課的舞台，我是只要一想到戲劇課實地表演的人就會全身發抖的學生，當年我總不知自己怎糊塗到會去讀這樣注重身體語言與表演的傳播系。就像我在等待黃碧雲時，我也帶著尋思疑惑，疑惑黃碧雲在文字之外所挑戰的自己，如此禁錮自我的封閉身體於今要坦然在一種疏離的表演下，在他者的目光裡，我已經看見她的身體在滲著血滴了。

那麼疼痛，那麼小。但又那麼巨大。

空間青春氣息濃厚，想來都是黃書迷。黑默默空間，燈光下飄著一縷紅紗，如血激情的紅紗帳，帳後是後台，我在黑暗裡想像著那抹燈後的卡門女子黃碧雲正在裡面對鏡梳妝，也許手心眉心出汗，也許肉體恍如碰觸了死亡。

烈女一身黑衣，媚行而出，一張我會記起的臉，執起語言大刀剖下七宗罪血淋淋的人性貪歡慾望，記憶與遺忘，腐朽與哭泣，荒熱的凝視像一種沉默，顫抖的變異。然後她開腔進入語言的聖地，一個字一個字地艱難吐出，斷句斷音如斷絲帛，刮傷我的耳膜，我聾了，聽不見愛。

文字飛離了書，進入了我的靈視。她說嘿，我暗我啞；她說噓，我疼我痛，我渴望跌落，在天不明的雨中沉默。

獨有的粵式短句碎片飛揚在獨白裡，驚心那樣氣虛柔弱的發音要如何撐過疼痛，正兀自憂心她將碎裂成微小時，陡然拉丁歌曲蒼涼響起，血性女子昂揚黑鞋敲地，鏗鏘如擊打靈魂，誠然她跳起佛朗明哥是艱難的，一如曲末她即興地以崑曲幽幽終了，只餘我們如怨女般惆悵不已，卻又不知黃氏那般血性的疼痛究是要帶引我們到何處荒地好埋葬我們腐朽的肉身。沉默，黃阿姐也血性，喉嚨一個窟窿，如穴，依然昂揚，因為再也無言。黃碧雲替阿姐書寫，沉默實是滿腔熱血（寫），最終黃氏跳上舞台，往自己最恐懼的表演裡縱入，即使發顫也投入至死。

打開一本書是漫漫長夜，打開黃碧雲卻是天旋地轉。舞台上的黃碧雲巨大而微小，台下的她微小而巨大。艱難，唯艱難我可言說黃碧雲的獨白獨舞獨唱，獨孤獨傷獨痛。獨一切之能獨。無物不獨，無人不孤。我明白黃氏爲何要跳佛朗明哥舞，文字裡她早說了「在黑暗裡面，我摸索各種打開的姿勢。」但我又不明白黃氏爲何要跳和其姿態帶點不符合的舞？她的表情那麼冷調，這舞的狂野熱情都被她知識化了，我心疼她跳舞，火舞可以成冷舞，動感卻又那麼靜。

不靠近戲劇的戲劇，不靠近舞蹈的舞蹈，不靠近身體的身體，在這麼多重裡，她成全的其實還是文字。不知怎地在看戲時我想起在荒涼的某雷區小島，有霧的濕冷冬日，一隻犬在雷區的荒煙蔓草裡踱步奔跑。我有一種也跟著走到那雷區的慾望。行過的洋人忽說，小心啊，姑娘，犬的腳有柔軟厚墊，牠是不會引爆地雷的。這是黃碧雲，在雷區裡漫步尋思的犬，旁人以爲她將激情引爆了，實則她很安然，她很清楚險域遊走。

燈亮後，人散去，舞台燈被卸下，眞正是黑暗與沉默了。我獨自回到後台，後台裡殘留著血女子的一抹香粉氣。而曾是拘留所的後台，拘留所微小，編號猶在，小鐵門竟還鎖著鑰匙，那些人犯呢？

超現實裡的鬼魅現實，斷裂空間裡的碎魂碎影，是黃碧雲，我疼我痛，我憐我惜。從來都在實驗挑戰身體、從來都不斷進入氮醉恍然文字的她，凝結成一則如聖母之慟像的存在。

勸君莫惜我，我不過是一件終也將腐敗的金縷衣。

未竟懸念　未說之語

《人面桃花》容易被解讀的是：作者意圖以古典語言進入農村記憶，藉虛實交雜的夢與非夢重現今昔的失落。但我以爲作者格非的內在所勾勒的更是「時間」的生命幻術與際遇的複雜性、流動性。

小說裡不斷暈開的是江南春雨的情致情韻，格非藉著小說女主角秀米來「遺悲懷」，小說高潮即是秀米來到了花家舍對面的一座湖心小島，這島的出現與隕滅，隱隱串出格非心中念茲在茲的失落桃花源，那陶潛隱去的烏托邦世界可還存在？

蒙上江南濕氣的夢幻，遂使得我們在凝視小說的人物命運時，卻無從捕捉，無法聚焦，人物總是瞬即從眼前跳躍而過，頓使我們的懸念跟著紛飛。

小說以細筆暈染、以工筆白描出有如

畫卷的故事，全書瀰漫的是未竟懸念，未說之語。格非一反激情筆調，而用靜筆和淡筆，且以一種極爲緩慢的手勢拉開「卷軸」，於是那些暴戾的或是莽撞的情節種種，很奇異的「質變」了，在其筆下都富有了「詩性」和「意象」。

「父親從樓上下來了。」鬼魂似的光很快就掠住我的閱讀目光。

在格非筆下的小小江南，舊地景有了新形象的再造，他微雕著人物的生命時光，不斷地用筆墨划出篩出一個杳去的舊時代不死幽魂。

同時間，格非不僅將記憶探入地景人物的深處，他也讓語言重返烏托邦。在當代語言中西交媾夾雜的境況裡，格非重新凝視的卻是絕對的古典與流動的詩性，將「傳統古典」語言嫁接到驚濤駭浪的革命年代，卻又有意識地抿去了語言的「地方性與當代性」，這使得《人面桃花》在當今的小說裡產生了前所未有的「烏托邦幻化氣味」。於是，我總以爲我捧著是一本收放自如的「長卷畫軸」，是又夢幻又動魄的當代上河圖，說不盡的逝水如斯，不捨晝夜地，往春雨江南奔去。

「她就在那兒靜靜地死去了。」

他在鋤生命的土地

中國全面迎接資本自由競爭的到來，農民盲流從內地往沿海城市大舉漂流。以「農」立國改寫，錢潮代替了滾滾長江。小說家從來都比詩人或散文家更靠近現實也更靠近荒謬，聞到淒風苦雨也同時見到人心碎裂的歷歷刻痕。小說家不能見而不寫，小說家得以各種「敘述」方法來發聲，小說家無能沉默。

出生一九五〇年的中國著名小說家李銳自然而然地感受到這劇變中國的時刻，但他卻返回他的土地，既扎根土地，那麼土地上的農民自是主角，而連帶農民身上的農具也成了主要配件，那些農具在他的筆中宛如是命運的轉盤。

李銳《太平風物》是其過往作品的延續，從《厚土》脈絡而來。但我以爲這一本《太平風物》有別於過往作品之處在於它的「格物」精神，格「物」從而「人」得以致知。

當代寫作以「格物」爲基本的文本，我以爲兩岸三地是先從台灣開始燃燒的（蓋因台灣八〇年代文學藝術都因經濟邁向高峰而有水漲船高之勢），提及資本商業化的「格物」文本，近代首推文學時髦祖師娘張愛玲，下降當代台灣八〇年代，總得一提朱天文《世紀末的華麗》和《荒人手記》，朱天文的格物，格的「物」是城市時尚與自我美學的極致，是偏向物質肌理所隱含的藝術美學宣說。

李銳不是從城市物件出發，他是從更遙遠的土地前進。這一前進竟然一推推到了「五千年驚人的偉大農業文明發展」，他筆下幹活用的農具：「鋤、鐮、斧、扁擔、筐……」（有的字連我的電腦都沒有），就好像台灣八〇年代以降的城市小說女主角化妝盒裡的眉筆、眼影、口紅、粉餅、指甲刀、拔毛剪……「所有農民們使用的農具，都有長得叫人難以置信的歷史，都有極其豐富的發展。」李銳自述。「長」得叫人難以置信的歷史，於是——物有情，物有生命，因人一代傳一代，賦予了物件擬人化。重返農業時代，是否意味著小說家對於今日資本化的失望或者對於避世藍圖失落的遙想？可以想見的是，寫這類題材是一種「背對」姿態，因爲今日的創作者誰不搞點時髦物，平面繪畫者轉爲裝置藝術，城市生活背景更是新生代寫作者最亮眼的舞台。

背對現實的小說家，其精神一如消失土地的農民，念茲在茲那一去不返的往日情懷。但在舊情懷上，李銳仍暗藏新意。藉著每一件農具之考究而延伸成一篇短篇小說，這樣的敘述結構其實是頗具現代城市資本生活的「拼貼」與「交媾」謀合的。五千年來一成不變的農具在李銳筆下轉成了每一個物件都具體和人產生了不可分的宿命故事：爺、父、姥姥、兒子、媳婦、孫子、叫化子……和牛、羊、窯洞、馬戲團等在各地上演人間哀歡，生死流轉。李銳的故事是樸素的，是延續著中國古典說書精神的，李銳不讓自己現代化，這卻反讓他的古典性有了其獨特的氣味，那氣味是千百年來文學最純粹的底層：人倫與天地。李銳在背對城市時尚化的當代，有點像是他在《太平風物》〈鋤〉篇裡的六安爺：「我不是鋤地，我是過癮。」我想李銳也不是在鋤小說的土地，他是在鋤生命的土地，是本質的鋤地精神才能無視於這世界流行的口味變化。

我特別喜歡〈殘摩〉篇，這篇短篇小說充滿著一種撼動人的寧靜（卻又無奈）之感。「蒼老的夕陽已經沒有什麼力量，只能在斜長的影子裡越陷越深。於是，窩在土兒下邊的村子，也就跟著蒼老的夕陽一起被埋在幽暗的陰影當中。」我覺得這段文字恍如是李銳的心情與當代中國許多農村走入湮滅的蒼涼寫照。太陽下山，太陽依然會升起，賴以維生的太陽看盡千年的死亡與新生。當全面向「錢」看齊的時代鋪天蓋地來臨時，小說家聽見了那裡頭的「哀歌」。……人和歷史心領神會的遭遇就在那一瞬間發生，悲愴和遐想久久難平。

我懷疑當今生活在科技化的E世代者是否能讀得下這樣的「農具」小說？如果「農具」換成了電腦遊戲包，這或可說又是另一種「格物」了，但若是如此「物質」替換，我們還能不能得以「致知」就不得而知了，畢竟當代之「物」實在是太輕了，於是我們得重返古典吧。

他已爬上了一座基實雄厚的山頭

羅蘭・巴特在《明室》一書裡提到了一張攝影照片的「刺點」概念，刺點可以「刺」中觀者所觀望的影像對象體之特殊性與擊中內心效果。若把這個「刺點」觀念延伸，那麼看駱以軍的小說就充滿了「謬點」。

人生荒「謬」之點的無所不在，宿命的逃無可逃以記憶的流離失所來展現，展現的形式猶如一則則的現代藝術主義，隔離破碎斷裂……任意遊走。他不在乎讀者的觀賞能力，甚至他要打破這種讀者閱讀作者的固定模式，他在乎的是書寫藝術的形式是否找到自身分量的依歸，他更在乎述說的虛構與紀實間所常出現的那條裂縫依然可以完美無缺。

駱以軍在我們這一代年齡上下幾歲的

小說作者中，他已爬上了一座基實雄厚的山頭，可以穩穩站在，往內掏往外放其自身的語彙、故事的節奏、記憶的虛擬。在故事線索裡出入著記憶。與其說他沉湎於人生故事，倒不如說他浸淫的是夢和夢，且夢必須顛倒順序和是非才能顯現那個「謬點」，謬點從他先前的書《妻夢狗》已大力演出，他的《月球姓氏》更是已到了各式各樣的謬點完備展現。

他的小說像是配備完善的精密武器，也像是機關重重的現代舞台劇，充滿幕與幕的開啓與間歇效果，層層帷幕推演著時間的幻化故事，換下一個布幕，打上另一個藍光背景和出場道具，主人翁又跑到另一個時空與記憶了。《月球姓氏》裡他筆下父親的角色，一生在多場時空裡演出他那荒謬又充滿性慾、家國、族氏的一生，時空從動物園、超級市場、辦公室、公廁、中山堂、火葬場……切換著記憶頻道。這《月球姓氏》是駱以軍再一次地挖掘自身的家族樹，這樹無根，這樹任意長其枝脈，且隨島國而漂流。他且再一次挖深了他自己命定來源的風吹向了哪，來自對岸的父親生了他這個兒子，他娶了來自小島之妻，於是他的記憶語言有根源於自己父國之邦的，但又滲入了許多的島語。

這書裡有著許許多多駱以軍的童年回憶，他如何觀看父親和父親的友人、愛人，謬點的出現常常是這個做兒子的加入了父親的故事，像是兒子和父親的情婦做愛，兒子去醫院探望父親最好且也內鬥挺兇的友人。每一場記憶的牽動都驚心動魄，那種深深大宿命裡的荒謬感讓人時而會心一笑，但更多是淡然一笑後卻浮起了無限的哀傷。

從第一篇〈火葬場〉開始，駱以軍即大刀闊斧又細膩萬分地高張著戲劇氣氛，隨著幾段文字後，我們才知道那讓人痛哭的「小玉」竟是一隻犬，犬且比兒子更常待在那個漸漸頹敗的家。書中大量在敘述中又出現了個口白式的詮釋者，文句中的文句（括弧內的影像畫外音），帶點自嘲的效果和意味。比如童年一隻走失的蘿，他發狂地在家附近的巷弄裡叫喊著（路人們很困惑這個少年爲何滿臉淚水在街上奔跑喊著一種根莖類植物的名字），大量括弧的出現不勝枚舉，好像這一類的括弧是小說舞台的跑龍套者，雖不重要卻可增強一種觀望主角之後產生的間歇、緩慢或補綴。

我們在《月球姓氏》裡讀到一種荒謬中的浪漫，浪漫情愫裡又滲著濃濃不散的懷舊，於是一個過往的台北城市焉然勾勒在前，中正紀念堂在興建時曾經像一個巨大的迷宮般，中華路中山堂有著青青子衿的氣味。外省一族娶了島妻，代延續了代，在駱以軍文中讀到了這種悲劇竟帶著一種隱隱的優勢感，悲劇本不該是優勢的，然又因如此才有了荒謬感，「大時代」並不重要，重要的是在「際遇」裡的突梯決定才讓人生故事轉了向。在這個觀點的挖掘上，駱以軍的書寫可以說是思路清晰且出入自如。熱情中有疏離，人性的醜陋裡有可愛，這是駱以軍的感情底蘊。

小說作者若只把文學書寫建立在時代風潮上這自是危險的，因爲風潮終會過去。在這一點上我看到了駱以軍所想要避開的悲情，於是荒謬中的浪漫成了主要文氣，這也是他在歷史的冷靜對應。歷史的冷靜與反思是書寫家史、族史或國史我所看重的部分，我想此亦爲此書故事在迷離錯亂搬演中又能有冷靜過場的一大優點。就像我的雲林家鄉老厝，小孩和十幾歲的少女們仍期待著每周上鎮去逛流動地攤市集，那裡不興百貨公司，那裡不興彩妝流行到哪個顏色了，如果沒有人來打擾他們，他們也就只是喜孜孜地過著日子，就像袁哲生《秀才的手錶》筆下所寫的：一個時間感兀自運作跳針、失去時序感的封閉小世界。

那個於今已不存在的童年氛圍並未曾消失，隱隱訴說著「時間」其實就寄居在每個人的體內腦殼，只有安靜下來時便可清楚聽悉。

作家面對曖昧的背德，流動而難以言說的背德都被作家冠上了可貴的光芒。

筆力切口極深，劃出一個移動的宿命旅程

「節氣眞與死亡關聯嗎？醫院，密閉空間，恆溫，哪來什麼節氣呢？」

小說家非常自覺「冷靜」地避開凡俗所必然面對死亡書寫的那種刻板悲傷，那種我以爲常常是「濫情」的容器才足以裝進哀傷淚水式的寫法，蘇偉貞都一一剔除，且換以更嚴厲的近距離「逼問」來直接書寫臨終病房的一切細微。

一切都將成爲虛僞（此虛是廢墟的虛，或是空虛的虛？），去問小說家的眞實世界是無意義的，所有書寫下來的才是眞的。我所要提問的是小說家所書寫的「人物」角色是如何地被眞實虛構或者虛構眞實。「僞故鄉」說，「流浪者沒有文字歷史，只有腳程」，但文字還是被「你」寫下了。我眞正進入舒坦的閱讀狀

態，乃在於小說家進入了外省的「家書」寫作，這家書讀來讓人動容，筆力切口極深，劃出一個移動的宿命旅程：四川、東港、病房……最後還是來到了病房。「人人都曾經或將在未來離開。」「病房」竟是個終站，無法解脫的終站，也因之讓人動容。讀到書末，方能理解，爲何小說家「你」是如此地憤怒，又是何等地對天地發出怒吼！

回不去了。「失去轉乘路線，他再也不回來了。」

是一切回不去了。

張愛玲的《半生緣》是情愛至老相逢之再也無法重返，在蘇偉貞的《時光隊伍》裡，卻成了生者再也無法相見死者的必然惘惘。但眞不能再相見嗎？難道死亡就是分離的界線？難道擁有肉軀才算眞實？小說叩問訣別陰陽兩界的虛與實。

會跳舞的散文，姿態或曼妙或鏗鏘

我一直喜歡讀小說家寫的散文，甚過於散文家寫的散文。

小說家寫的散文通常著重的是敘述與觀點，使得散文讀起來很有「小小說」的愉悅。張愛玲的散文集《流言》，王安憶的《尋找上海》，或者張惠菁的《你所不知道的事》……乃至於平路新出版的《浪漫不浪漫》都是同樣的路數，表面看是散文筆調，以一種近距離的書寫來觀照生活片段與心情，但實則是非常厲害的小說語言。那種讀起來通暢人心又細緻動人的生活觀照，常常穿透了皮骨表面。

平路的這本散文集《浪漫不浪漫》可以從任何一個切片進入：性別、時尚、影像、親情、飲食、城市……，一如她一貫擅長揉合多元題材，既知性又感性，文字巧妙，敘述精闢，又兼有小女孩和熟女混雜的奇異情調，讀來確實感知愉悅，貼近自我也切入生活，深深勾勒生活細節。

平路之前擔任公職至香港時，很多人或悄悄爲她擔心，結果卻發現平路另外多了一片天。這切中了我以前說的話：「之於一個寫作者，所有的發生都是好的。」因爲所有的幸或不幸，都可以被智慧之筆「淬鍊、轉化」。

就像平路在這本散文集裡最動人的敘述是父親過世的種種，那是平路少見的筆調，那麼近，近到我們可見平路的淚腺波濤，那是一種高難度「轉化」，將尋常人家早晚都要面對的生離死別全凝聚在某些物件裡：「人家圍爐，我們圍著一臺電腦：今年，這也叫做過新年？」「每個清晨打開窗戶，撲面的桂花香，一定也是傳消息的管道。他說不定在重新建立我們中間的聯繫。」「不守靈、不廬墓，我坐在電影院裡，用我自己的方式紀念他。」電腦、桂花香、電影院……極富生活詩性。

平路是愛過日子的女人，對美麗物品欣然擁抱疼愛，看她對於女人那些化妝品的熟悉與熱切，就是再冷眼的人也會被她打動，天使也想下凡好好入世一番。犀利的性別書寫與理性新聞議題分析，向來是平路爲人熟知的，但其小說《行道天涯》和《何日君再來》以宋美齡、宋慶齡、鄧麗君爲核心人物，內容卻一反大男性歷史論述，而著眼於女性不爲人知的幽微與情慾，勾勒隱藏在光亮下的人性皺褶，是平路的小說魅力之所在。

而散文之所以爲「散」文，在其散，在其雜，也因這樣的受限，使得散文書寫難有像小說般「火力集中」的成績出現，但奇怪的是，平路的散文之所以突出於所謂的「散文家」，卻是因其「散」的特質：平路是「千面女郎」，她嬌柔的底層是堅韌無比的自信與知性，遂使得其嬌柔外表與對時尚物件的熱愛都罩上了一層「耐看」光圈，因耐看而雋永。這就是平路散文，我們看不膩，甚至我們也想追尋她筆下的種種，或者和她的傷心一起共舞。《浪漫不浪漫》是一本會跳舞的散文，姿態或曼妙或鏗鏘……又溫暖又透徹，又纏綿又犀利，又天眞又老熟，兩種異質的對位存在，不矛盾且還相容得宜。

是非常入世，也非常人間，又是火又是刀的，但卻不燙人也不流血，這是我所喜愛的平路其人與平路其筆。

硬派，極其生猛

韓少功是認識大陸硬派作家的一個重要關鍵字，他的厲害，是厲害在小說敘事時所埋藏的那種銳而不尖的東西，直勾著你的眼讀下去，但又不傷到你的心。

韓少功的小說是我長期關注的作品，當然除了韓少功小說的魅力外，這也和我的私心有關。好像提起韓少功，我輩就將他和其經典譯作：《生命中不能承受之輕》連在一塊，米蘭．昆德拉的《生命中不能承受之輕》在韓少功的中文優美文筆翻譯之下，顯得如此地情韻繚繞，這個譯本是我書架上的永恆經典。後來有出版社重新出版翻譯此書，我卻無法再讀其他版本，可見韓少功的中文魅力。

這本韓少功的《鞋癖》和之前聯經出版的《紅蘋果例外》非常近似，都是短篇小說集結成書，且大多仍不脫寫實基調，對話靈動，敘述統一，頗有爲大陸一整個世代衍生的亂象重新加之解碼的氣魄。小說裡有兩個敘述觀點，一個「我」，一個「他」，不論是走進角色敘述的我，或是以旁觀敘事的第三人稱他，韓少功都將故事切進大陸的黑暗面，他以帶著黑色語氣的諷刺荒誕角度將大陸當代社會百態栩栩如生地以文字演出。爲何我說是「演」出呢？因爲韓少功的小說魅力就是「對話」，活靈活現的對話，宛如場景現前，很具視覺感與生活趣味，加之保有地方性語言，極其生猛。

我一直認爲大陸小說在地方語言的保有下顯得特別生猛與張力十足，可惜台灣小說卻多將地方語言一致漢化（又或是特地台語客語與原住民語音譯化書寫的極端），使得台灣小說的敘述面目易趨於一致（或因刻意語言分界而和讀者脫鉤），少了大陸多種語言的繁花似錦。也因此韓少功的對話語言在我讀來顯得特別突出，他的作品通篇幾無形容詞，不讓形容詞來烘托渲染人物，而多直寫人物動作和情境對話，以故事帶故事，以人說人，毫無多餘贅詞。他的短篇小說在我看來，具有爲百姓發聲的力道，故事開頭下的力道頗重，結尾卻往往悵然。

讀韓少功的小說往往發現，結尾才是高潮，簡筆幾句結尾，竟是精華意賅之所在。我隨便舉個例：〈領袖之死〉結尾是：「他該下決心娶個女人了。」〈故人〉結尾：「這些瘋子現在也能唱香港流行歌了。」〈山上的聲音〉結尾：「那支煙，永遠留在山裡面了，也許我眼下來能找得到。」〈鞋癖〉的結尾更妙，復活的父親找上門了，「我聽到陽臺那邊，父親坐的藤椅咯嘎一聲。」結尾往往是想像力的開始，悠遠的開始。

於今讀來，有些短篇小說竟成了「鑒往知來」的社會劇，韓少功的小說具有十足的社會性，挑動了大陸人心身處時代晃動的微妙神經。這本集結的短篇小說裡，我個人很喜歡〈鞋癖〉這一篇，這一篇有點像是寫實大陸版的王文興名作《家變》的縮影與變形，一個父親不見了，母親和兒子卻都希望他死了，因爲死了比活著光彩，死人不麻煩，眞正帶來麻煩的是還活著的人，至於爲何對鞋子有癖好？一開始斷定父親死是因爲找到的一雙鞋，小說末端則雲開月見，原來鞋子是當地人送死迎生最重要的物件，罵人還用「你祖宗八代沒鞋穿」爲要命詛咒，讀來讓人莞爾（竟至頗有異國情調之感）。

韓少功的小說通篇情蘊深厚，但在敘事時卻冷靜異常。韓少功的小說一直保有這樣的冷靜基調，但那暖熱的情感卻總是滲透紙背。韓少功經典名作《馬橋詞典》並不是很親切的小說，但短篇小說卻是例外，毫無韓少功那種淡漠的遠觀書寫，每一篇讀來都十分親近（可喜可愛但又可憎——社會百姓與官場人物現形記）——每一篇小說裡都可見到韓少功對人物心境的掙扎無奈或自我嘲諷的凌厲書寫。

八〇年代末大陸首批富裕者多半入牢過，他們帶著出獄後的城市戶口開始了新生活，經歷過極窮與極富的生命兩極。這種兩極與時代軌跡的生活敘述，或許讓韓少功敘述手法也帶來了轉變，他一方面以生動對話來浮現人心的眞正所想與所掩，一方面回頭寫人物在時代跳動裡所緊握與失落的細節。這本書雖是短篇小說集，但集結到一個程度，竟也刻畫了一個晃動時代下城鄉裡的無盡小故事。

比如收錄的〈領袖之死〉，台灣人讀來應該也有共鳴，這也讓我想起南美作家馬奎斯的短篇小說集，有近似的旨題書寫與國族變動下人物內心的多重凝視。韓少功的小說給了我不同介面的欣賞，像是在看一部又衝突又協調的好看電影。這也可以說明爲何我比較喜歡他的短篇小說都不是他近期所寫的，我喜歡這本書收錄的短篇小說多是他八、九〇年代所寫的小說，我喜歡他銳而不尖、諧而有趣，在嘲弄下隱含著難以言盡的傷懷書寫。

無可挑剔的完美敘述，無可逃遁的殘缺人生。

凝視生活與感情的求生簿

「我的創作不是靠生活的，我覺得是靠自己胡思亂想。我的生活其實很貧乏。」袁瓊瓊在接受印刻雜誌朱天衣的提問時曾這樣說。在整個對話裡，我覺得這句話特別有意思，也可以回過頭來看她的情書系列作品。情書，大抵我們認爲都是「眞實」的，但事實不然，原因在於這些情書並沒有被「寄出」，當沒有被寄出且又是出於一個作家之筆時，情書已經不再是情書，無疑地更接近一種「創作」。我總認爲所有的書寫再眞實也都是虛構，我們的想像力與記憶的剪接跳躍斷裂移位嫁接……，以及個人敘述的能力種種，都注定了「凡寫出即已是虛構」的特質。

《曖昧情書》是袁瓊瓊情書系列的完結篇，以「曖昧」作結，給了自己與讀者許多情路空間。這本完結篇已經脫離了自己的情傷，這裡的情書已是他者的世界，都是些不關己的風月，都是些尋常人家的淡淡人間事：通MSN、電車男和愛馬仕小姐、靈媒、小兒子種種。唯一比較激烈的情愛也是別人的事，寫留德的攝影家王小慧，在德國時有個年輕男人天天表達愛卻都被沉默的空氣堵了回去，有一天就當著女人的面說完我愛妳後從三十二樓跳下去。「安靜可以殺死愛。」袁瓊瓊作結。

袁瓊瓊的書寫總是如此簡潔與聰慧，充滿靈光片語，這是她的語言獨到與魅力之處，她的書寫好看完全不在於文字，而是在於通透到人心的觀點與解讀方式，也因此我常覺得她的短句比長句好，她的短短小文比長篇大論佳。她的好好在於不雕琢，不靠文字的轉借延伸，而是在於那個書寫的當下。是可視為凝視生活與感情的求生簿。

也因此這系列的情書依賴的是最新媒介「MSN」的語法就一點也不奇怪了。也因用了「MSN」的斷句短句結構方式，假使我們不知書寫者是已經年過五十的袁瓊瓊時，我們會錯以為是一個年輕的作者。但袁瓊瓊的心是這樣年輕的，沒錯！極其年輕。在少女情懷之外又有一雙靈透人間之眼，她了知一切也看透一切，但唯獨在戀愛時她看不透自己與客體。最熱烈的自剖是《曖昧情書》的前三書，其中《孤單情書》作家以誠實的開放之心面對自己的情傷與往事，她誠實地書寫自己如何失去二十年的感情然後又一頭栽入網路聊天室的男男女女，還來不及瞭解自己為何會失去長久的關係便急著尋找可資慰藉的替代品，於是作家一路跌跌撞撞，自殘自傷，或可說慘不忍睹。眞正的勇氣是，她竟全寫出來了，在她這樣的年紀之下且以情書體寫出。我雖不明白袁瓊瓊採取「情書」體的用意，不論是否爲了急著丟出感情的燙手山芋而採「輕盈」的書寫，或是爲了所謂的「眞實」而採之。但我說這些都是廢話，因爲好看就是好看，誰管你用什麼體例。就是用小說也沒用啊，若是寫了一篇難看的小說，還不如好好地安分地寫所能寫的。但書信體在早期並不會是作家的創作形式，日記體與書信通常都是創作之餘的自我內在延伸，或自我困頓的抒發。因爲不具「成就動機」的情書，因之讀來深刻感人，且有助於後人瞭解作家的生活究竟是如何穿越雜蕪的感情困境與思維牽絆。

寫準備公諸於世的「情書」要好看有個關鍵在於「作者開放的自我態度」，作者愈開放就愈能將「情書」這個體例發揚光大（試想西蒙·波娃寫給美國情人的情書），必得讓讀者感情也一起波動，感同身受甚至錯覺以爲「情書」是他寫的或是寫給他的，那就大抵成功了。故情書必具備未僞裝的跌撞傷痕，即使瑣碎細節也是作家的黑暗之心，是一把解剖之刀：將所有的假面剝除，將所有的言語都回返樸素不造作，將所有的世俗聲名與身段也皆退位。因此情書體例重視的反倒是眞摯情感與凝視自我與事件的獨特角度，而這正是有些女作家所擅長書寫的。

總得世事明白 徹底走一遭

極其抒情的語言，極其感官的圖像，如此簡單卻也如此深沉，如此綿密卻也如此疏離，如此有愛卻也如此無愛——同時深具下墜與彈開的力量，沒說的比說的多，有言實則無言——《蓮花》是一本文字風格有如是黏菌式書寫的小說。

人要脫離痛苦，勢必要以「第三者」的眼光來看自己，如此才能置之度外。我隱隱感受作者背後企圖傳達的意圖。她筆下三個注定邊緣之邊緣的寂寥人，各自走上旅途，活著像是沒有目的，但每個人物的靈魂核心卻又十分強悍，面目清楚。慶昭、善生、內河……深受際遇召喚的人，夜晚注定和影子共舞的誠實者，他們是索求愛的人、索求眞心的人、渴望熾熱的人，但這些都得付上代價，於是他們必得忍受疼痛、承受孤單，必得陷入回憶流沙、必然悵然、必然溯源、必然做夢、必然流淚……三個人，三顆寂寞星球對撞，驚心動魄的故事迂迴，帶著無法媚俗的桀驁不馴，欲圖掙脫集體，無可避免的流血、衝突、撕裂……舉凡種種世間男男女女傷痕情事，被作者一路寫來，卻寫得像首靜默的「詩歌」般——「那時他的燈照在我的頭上，我借他的光行過黑暗。」「她的傷口是他身體的一部分。是他的血液、小葉動脈，是他溫柔而羞恥的黏膜。」

這麼多的欲求不得、如此多的必須與必然，一一觸踏深淵卻又一一昇華開來，既有下墜力量，又有昂揚的冷靜。世間女子在生命的長河裡不管年紀、不論世代，有多少何其相像的靈魂在我們周遭，作者筆中人物所必須和必然發生的孤獨和他鄉行旅竟和我或可能和眾女子有雷同之處，直如《謫仙記》才女下凡般，總得世事明白徹底走一遭了，問清楚被謫至人間的點點滴滴了，才肯甘心返天國。

《蓮花》挖掘旅者的黑暗之心，異影幢幢的喃喃自語，指出人的生活座標其實是漂浮在逝去一切的滄桑追索與難以挽回的記憶浮嶼。作者表面是指向記憶廢墟，但其眞實面目卻是渴望花好月圓。所有的花都在凋謝中，所有的生命都在老去死去，但作者內心有個自成一格的小宇宙，碇錨在緩慢的靜靜生活裡。

雖知一切都會走向幻滅，但仍得長途跋涉去歷驗種種。

「這一切注定都是幻象，即使抓在手裡，連綿起伏，樂此不疲，筋疲力盡。但始終不會帶來道路。」此係禪門所思，面對際遇無能佯裝過往不存在，作者勵婕（筆名安妮寶貝）欲把心事付劫灰，冷不防這劫灰卻嗆得讀者一陣痙攣與心發疼。愈是要遺忘的傷痛愈是不斷被挑起，撩撥。回憶成了最具震撼的「無聲的吼叫」，無盡的鎖鍊纏繞著無盡的事物，我們每個人都有一個「地獄」，我們既是自我也是他者。《蓮花》的人物就像是得了熱病將癒一般，他們的孤獨與喃喃自語世界卻也直抵了我們的夢域神界，騷擾著我們潛藏的黑暗與悲傷寂寥。那些躲在記憶黑盒子的幽靈，和移動的世界互爲相撞，回憶砍向內在，旅行跋涉於外，這形成了這本書的澎湃與寧靜的夜色海岸。

這本書是一個又一個的漫漫長夜。

掛著一張死神面孔，吟唱著愛慾被摧毀卻又靜美如詩的旋律，往事劫灰反覆焚燒不休，我們跟著人物進入記憶的廢墟遺址，也跟著看見飛揚蝴蝶的斑斕異色，生活裡有些人如漂流木被送來，一個大浪卻又把他們送走了。

人注定孑然一身。

記得就是存在。

人子在鏡中奔走，我們看見折射而出的是骷髏遍地

林俊穎的小說《鏡花園》裡，一改過去帶著高度文字提煉式的菁英寫作，此作看到他放鬆的部分，但也一時還脫不出其一貫的文字語詞之井然。（某些都會情節的書寫氛圍卻讓我非常快速地浮顯出張愛玲惘惘不死去的調調。）這本書場景是在「資本主義與古舊鄉野間流轉」，資本主義是疲倦職場人的都會場域或生活物件：電信大戰、代理權、專業經理人、美食王、資訊王、保鮮膜、電玩、電扶梯、露天咖啡座、捷運線路、霓虹光影、塑膠與鋼鐵、爵士樂、煙燻妝、曬傷妝、娃娃妝、藝伎妝、澀谷109、招牌字……（這一段把台北招牌這幾年的同音異字嘲弄了一番）。嚴格說來，林俊穎的《鏡花園》在資本都會的書寫裡仍然帶有一時還揮之不

去的「荒人」腔調，雖然作者企圖改變過去一貫的敘述者，在此書裡多次出現他書寫俗世女人與太太的角色，但文字的本身仍凌駕了故事性，因此在這一塊裡，只覺得林俊穎的改變幅度不大，仍延續過往的強烈風格。

但到了懷舊鄉野部分，卻讓我眼睛一亮，那充滿嘲諷式的調調與深入小人物心理的粗鄙狀態與台語字詞是他過去作品裡少見的。「四界光燁燁，每一日若過年，未曾看過那麼多電火。」台語在他的筆中活靈活現。

〈戀人〉篇章裡的阿公形象鮮明，文內多處寫到阿公受日本文化影響，此似乎是作家有意將日文帶進他的中文文本，有點電影「悲情城市」的氣味。〈一期一會〉寫病體之自身污穢感，林俊穎用一種荒謬式的身體奇異角度來描寫病體，一個男人面對得直腸癌因此切除腫瘤做了腸造口、人工肛門的妻子之奇異心理氛圍，沒有傷感式的調性，甚且是一種旁觀的冷調與自嘲，這篇帶著某種超現實感。我尤其喜歡〈遠行〉，雖然書寫父親的文章極其之多，但林俊穎用一種非常乾淨不傷的筆調又再次刷新了書寫這類題材的侷限。第一句：「最後一次看父親的臉」——最末句：「父親，踏進死亡的激流了。」從告別式的都會機械制式化處理開始寫起，一起句即帶引讀者進入又傷感卻又隱隱感嘆人生的濃濃氣味（甚至還帶點荒謬式的寫法，如環保棺木、火葬不能穿皮鞋……，翻錯了面的底片，原來他的鏡花園是出現在凹鏡上的父親顛倒的臉……被化妝師梳錯邊的頭髮、跟著父親一起到家的是那租來約有一人高的氧氣鋼瓶……），塵世鏡中影像所折射而出的是虛幻世界，此即人生之大幻。

「我看著父親胸腔起伏，瘦削下來顯得又圓又大的眼睛，如奔湍激流，如史前的獸穴，如爆炸的星球，如送上屠宰場輸送帶的牛羊，無力留下陽世任何事物的影子。」這麼準確的人生「虛幻」，是鏡花園最後的百花腐朽，最後連氣味也消失了。

鏡花園，常讓我想起歌手史蒂芬．米格斯（Stephan Micus），他有張專輯就叫做「鏡花園」，嗓音是那種帶著無限遼闊的蒼涼，來自內在胸腔的激流。鏡花園，鏡中的我們與他者，都在林俊穎的筆墨裡再次交會又離別，離別又交會，然後化為一道虛空。人界究竟是戲幻，是虛空，人子在鏡中奔走，我們看見折射而出的是骷髏遍地，每具骷髏都是我們過去的色身啊。

我只知道這此生的軀體已然被時間怪獸寄了生

「我有一個朋友死了」，寺子失去了好友紫織；而我失去了好友南施。我閱讀，並沉睡，就像影子疊影子的如此密合，讓我昏昏難醒。渴睡和嗜死一樣，是雙雙連成一氣的日常氛圍，「或許這就是以赤子之心所仰望的『未來』也說不定。在那些日子裡，哥哥一定目睹了什麼讓他不畏死亡的心象風景，同時也看到了什麼讓他不得不在夜與夜之間流離徬徨的事物。」在〈夜與夜的旅人〉篇章裡我讀到這一段時內心極爲感動，像所望出的心象風景和吉本芭娜娜所望出的方向相同般。

以赤子之心仰望未來的人，在社會上就永遠不會有以權謀所得來的名位。那種流離就像踩在一座座空橋連著空橋的城市，難以著地。赤子之心就是孩童心性，孩童心性就是想這樣就這樣的任性，這是異於大人之常態。這也是吉本芭娜娜不斷地在書中所要述說的狀態。

人生有一段異於常態的時間是那樣地重要，且那異於常態的時間還由不得自己做選擇，要不要異常態和常態端看旋轉輪盤轉到生命的哪個方位。

每每因爲心性如此而常午夜悵然。讀到書中被命運之神作弄後，女性乍然所掉入的昏寐世界，像是整個世界都瞬間爆掉了，爆掉之後緊來的是黑暗，沉墜一片如無邊汪洋的黑暗。最被操弄的命運就是措手不及地面對突如其來的死亡，《白河夜船》的紫織之死，〈夜與夜的旅人〉裡哥哥之死，〈一種體驗〉裡死去的阿春，吉本魅惑於死亡氛圍行之多年，像是跋涉了好幾世的旅人。

《白河夜船》一書吉本脫稿於一九八九年，時光一去經年，我很懷疑這些故事的女主角可能依舊在夜間遊蕩吧，遊蕩者不需要成長，因爲處於眠夢。這種眠夢氛圍有助於抽離現世，抽離開可見的現實，抽離掉一張以社會層層組織所架構的網。

我亦常以沉睡對抗壓力與時間，常常大白天裡拉上窗簾，營造黑暗，然後自以爲晚上地又倒頭就睡。睡它個天地無分，睡它個日夜難解。有時是白天睡過飽，晚上反而成了失眠的遊魂。也許因爲這樣，我有幾年的時間停留在社會進化不曾著身著魂的停滯感。南柯一夢，時移千年而不覺。

寺子的甦醒緣於她的男人之妻魂魄來見她，這是女人和女人之間最大的諒解與惺惺相惜，看到這一段幾乎要泫泣了。

通過一個機緣，一個無法不逼視的機緣，這就是純粹了。

「只要從日常生活掙脫出來，不管做什麼都覺得很好。」

我自己從嗜睡和游離的狀態甦醒的機緣是動身負笈紐約，出走習畫成爲我可以好好生活的一隻布穀鳥，日日喚醒我釋放累結的能量。一旦釋放出能量，又是下一個循環的開始，進入冬眠，閉鎖，然後驚蟄。

絕望的反面是什麼？吉本說請不要說成是希望。我想亦是，希望太光亮了，光亮到隱含某種作假的成分。絕望的反面就多了空間，多了皺褶。好幾回深夜開車繞去昔日戀人的舊居，很難想像曾經有過的溫情綣戀；也多回在異鄉自虐式地偷覷著南施生前居住過的房間，然後想像她在廚房裡咕嚕咕嚕地喝水，冰箱的小燈管映著她幽愁半酣半醒的臉龐。想著我們曾聊過的苦痛，對所愛所戀的事物之悲歡。

然後啪的一聲，燈滅人散。

過去的記憶已成荒蕪，當孤獨欲死的荒涼已被鏟除，我就這樣活過了黑暗，歷劫而不染劫灰，我竟突然就適應了某種社會的成熟腔調，甦醒地起了身，並擺好世俗該有的禮儀姿態。我不確定生活底層流動的毒癮何時會再悄然現身，我只知道這此生的軀體已然被時間怪獸寄了生。原本沒有時間感的人突然從自我的眠夢醒轉，意識到自己還在修成人形的階段時，我突然就被重重幾世的時間感壓在身上，人形未成卻已然老了。

我曾有過的自己，一個死亡的自己。

小說撫慰了命運的不幸

愛是人生最核心的際遇元兇，它推波助瀾了人的光明面與黑暗面。

《午間女人》這本書幾乎是傾全力在書寫人的處境，德國人與猶太人，男人的權柄與屈辱的女人肉體，精神逐漸癱瘓的母親與很想往外高飛的女兒，渴望母愛的孤獨男童自殘……相對的處境下所產生的是絕對的權力，絕對的權力又決定了誰棄誰，誰被誰棄。

「也許有一天，他能忘掉母親的氣味。」患了潔癖的彼得如此想著，他獨自一個人在「對抗與母親的見面」，對抗讓他又取得了絕對的勝利，見不見面的決定權在於「他」了，「她見不到他了，此刻見不到，今天見不到，永遠見不到！」少年彼得這樣想。

「沒有陽光的深層海洋」，時而順暢，時而滯澀，時而激昂，時而頹喪，時而明亮，時而幽微……一本好的長篇小說就是要富含多種光影的層次。小說末了卻寫：「黑暗撫慰了一切，彼得覺得無比平靜。」黑暗撫慰了一切，小說撫慰了命運的不幸，於是說來我們每個人基本上都是一樣的。

愛上施虐者所衍生的各式各樣心理奇怪路徑

情慾與身體寫作一直擺盪在兩難裡。

面對眞實自我與社會道德目光的高難度難題，以及如何寫到讓人心搔癢難耐卻又文字恰到火候又能同時廣納慾望流動汪洋的書寫難題。

我看這類型的寫作會先反問自己兩件事：閱讀中我被勾動了什麼？閱讀結束還殘留些什麼？

《慾望的盛宴》的寫作時空是早在一九六六年即已寫就出版，還原時空有個目的是這本書若放在當今的情慾書寫汪洋，它僅能成爲一滴水，很快就消失在無數情慾文本的波濤裡。但是若我們嘗試回到它的寫作時空來看這本書，會很訝異這是一本極前衛又有張力的女人自白文體。作者一生只寫了這麼一本書，早年連本名也不敢曝光，採用的是和書中同名的希臘神話蛇蠍美女同名的「露意莎」發表。二○○一年這位垂垂老矣的作者譚普騰太太終於同意再度讓此書出版，且以本名問世。她的驚人情愛經驗成爲她一生的不朽印記，這印記的完成完全拜其凝視內我的自白勇氣。

我之所以看重這本書有個很重要的理由是：這本書文筆雖仍有著淡淡的文學氣味，但毋寧我願意說它更多是帶著「素人寫作」的精神與挖掘肌理。我問我自己，即使有這樣的性愛變態經驗，我也沒有把握能夠直挖慾望底層，寫出血淋淋的慾望。畢竟普世的浪漫愛情好寫，帶著變態與骯髒性質的獨特性慾難寫。這時候我不免又要抬出米蘭·昆德拉在《小說的藝術》裡所標舉的理念：認識與發現是小說的唯一道德。小說的道德不是社會性的，而是提筆者能否將小說之筆當成怪手般地挖掘人性核心的層層隧道。

《慾望的盛宴》就這一點上在六○年代是走得很遠的，以至於現在讀來，反而如此地貼近了當代。若是譚普騰太太現在才發表這本書或許也不至於有什麼「淫穢」之罪了。先「去角色化」，這個閱讀的關鍵就是不受干擾，也就是我期盼每個人都先把自己的社會性去除，直視自己的「人之爲人的性慾」底層。

這時我們會發現其實我們非常瞭解出走婚姻之殼的露意莎，以及她和醫生高登那說愛不愛卻又無法離開的扭曲變態性慾。

《慾望的盛宴》曾經有個書名是《魔鬼的盛宴》，這魔鬼該是指小說裡的醫生高登吧。這本書的著墨點在於高登的變態性慾具有暴虐快感的強迫性特質，這樣的人找到有「被虐」慾望的露意莎恰好是絕配。小說還賦予高登不是露意莎喜歡的型，那麼究竟是什麼東西不斷地吸引露意莎陷進流沙，那就是高登那讓人戰慄的奇怪性癖好。

小說的人物心理有個很好的糾葛碰撞點——露意莎在幾乎是被強迫的狀態下搭上了高登，但她後來卻也迷戀上高登在身體的暴虐手段。衆所皆知當慾望不斷被日復一日重複操作時，會折損慾望的嘗鮮性。所有的慾望出軌大都來自於人性對於慾望重複的不耐與無趣，愛上施虐者所衍生的各式各樣心理奇怪路徑成爲這本小說的價值所在與好看的原因。

這並非是一本了不起或多麼可以論述的小說，但我以爲在性慾這件古老的事情上，它卻展現性慾的多樣性豐饒與枯萎，讓我們可以想像角色的大膽經驗與莫測人生。小說還處理到高明的心理過程，藉著高登醫生的角色，不斷地進入露意莎的童年世界、父親的遺棄、祖母與母親的美麗、少女性經驗的重返、無慾的婚姻、夢境的幻影……，原本只單純爲了性的滿足而與高登在一起的露意莎也因爲高登強迫性的要她自我凝視而漸漸地產生了愛上他的妒意特質。

小說結尾最讓我讀來一時無法適應的段落是高登沒有預警的自裁。小說沒有處理高登會走向自裁的心理情節，這可說是整本小說的缺憾敗筆處。也因此我說這本小說具有十足的「素人」特質，完全是作者經驗的再次擬造。只能說寫作者確實沒有這段經驗，因此她也就很自然的遺落了這一段歷程。

「不管妳做什麼，就是別眞的愛上我。」高登曾經這樣對露意莎說。或許這句話就充分寫出了高登終究會離開露意莎的隱喻吧。但小說末段還是令我驚豔的：露意莎從高登醫生朋友科隆比口中得知高登死訊，她卻再次受到了科隆比的上床引誘。小說結尾竟和小說開始一致，露意莎徹頭徹尾完全受身體慾望的擺佈，她深受這樣的慾望召喚。

「我照做了。」小說在此結束。

高登說露意莎是「一個很善於離開人」的女人。我卻想說，她是一個沒有身體邊界的女人。從而我也自問人的性慾邊界有多大？自我的性慾究竟是空白之地還是過度開發之地？性慾的路徑是曲折的還是直線而下的？人活著必須有愛，那麼愛和性可以脫鉤嗎？讀這本小說不在其書寫的好壞，而在於它丟給我的情慾自省迴圈，以及思索人被社會性所壓抑的慾望困頓。

一株盤根錯節的慾望樹

美室，表面說的是歷史劇裡的女人以情慾奪權或者失權。但其內裡標誌的則是女人爲愛情所付出的意志與承受的勇氣。

「有人詆毀說女人水性楊花，女人的命運就是楊柳的命運。楊柳和女人都是被拋棄了仍生長，無論在什麼地方都有旺盛的繁殖力和堅韌的生命意志。即使倒插進泥土中，照樣能夠生根發芽，直至長成參天大樹。」這段話幾乎就是美室命運的有力註解。也是爲女性歷史在各種生存情境的辯證詞。

歷史劇裡的蕩婦之詞無法爲「美室」作爲名詞註腳，因爲《美室》在這本書裡的複雜程度幾乎可以用一株盤根錯節的慾望樹來作爲視覺基底，無可摧殘的慾望樹造就了美室這樣一位「罕見的女人」。她是色供之臣，供應色與慾。

將性慾依附在歷史情節下，讓這本書有了防火牆。這書歷史錯綜複雜，但若抓住了主架構就可輕易拆解元素，這可說是不離男女的情慾史記。

貫穿本書的主人翁是新羅時代的「美室」，說的其實就是她的一生情史，其餘的人物都只是她走秀舞台的跑龍套角色。「依稀的悲傷突然湧上來，很快又消失了。一切都和書上學來一樣，一切又都截然不同。只有徹底暴露並破壞最隱密最神秘的地方，美室才能成爲母親。……嬰兒貼著美室汗水狼藉的胸膛，涼爽的異物感讓她委屈而又傷心。」美室深深地知道，若想誘惑別人，首先必須隱藏起自己的眞實想法，必須假裝滿足而沉默。她要求自己在沉默中展現自足。色衰的美室在身體的高熱之中，更苦的回憶湧上了喉嚨。永興寺裡夜雨如織，夏天的腥味令人作嘔。

從出生到色衰，美室歷經無數的交媾與亂倫。她創造了獨有的自己，即使受到審判。輪迴，罪與罰，性愛的甘甜讓戀人甘願被囚與自囚。「愛也是罪，看來只有犯了罪才能理解世界啊。」「愛可以顚覆世界。」「愛就像痛飲海水，喝得越多越是焦慮。」「絕對不能把愛情當作道具。」經由此過程，人或才明白「愛」是那麼地值得冒險與付出。從而體悟「不能接受的就束之高閣」、「有此有彼，無此無彼。此生彼生，此滅彼滅。」

人如何分裂而又完整？

每個人的體內多少都住著「陌生的自我」，一個是進出光明的我，一個是想要走入黑暗的我，一個想要情慾，一個可能想要禁慾，一個想要行善，一個可能想要使惡，一個想要結婚，一個想要單身，……分裂的自我永遠拉扯在生命的兩端。差別只是我們所謂的正常人擁有「自動切換的開關」，何時該開，何時該關，不會搞錯，甚至我們一般人潛藏的多重人格與角色扮演慾望多僅停留在「想像／做夢」層面，有人終其一生在道德與輿論壓力下都不曾讓「眞我」跳出來，而有人則將虛構與眞實融爲一體，難分難辨。

「我所面對的不是生或死，我面對的是做一個不是我自己的人或死。」也就是在「做一個不是我自己的人」與「死亡」

的兩個抉擇面前，「我還寧願選擇死亡」。這讓我想到電影「時時刻刻」裡拋夫棄子的女人老年面對他人的質疑時，她想的是年輕時面對的那個世界是她不認識的世界時，她該如何自處？

在這由庸俗統領的世界裡存活，在這庸俗欲死的世界裡求生，讓許多人在年輕熱騰騰面對世界與眞我時刻都有過這種沮喪的心情。莎莉認爲自己會墮落成一個庸庸碌碌的人，心靈會困在一盆泥巴裡頭。艾許醫生在小說裡扮演的「大師」與「治療師」角色者對她形容每個人其實比較像是一碗「心靈馬賽魚湯，雖然每個人都是裡頭的佐料，卻又不失各自的特色。」艾許醫生就像多數人會說的話：「放下不就好了。」「別想那麼多了。」「都是慾望驅使啊。」……其實這都是失效之詞，當這些字詞如螢光記號從嘴巴或文字跳躍而出時，意味著人已經不再探索，至少認輸了，因爲這樣可以讓自己快速「服用語言的精神特效藥」，也是讓自己進入庸俗化世界的語言捷徑，不用再探索自我，也毋須檢視自己存在的歷史，毋須清醒自己行過的年表了。

所以「莎莉」也可以說是許多人的鏡子，但另一方面我們也可以說絕大多數的人都不像莎莉，因爲人本身大多是懦弱的，我們大多「被收編成」一個只敢在安全領域庸庸碌碌過活的人，寧可心靈塵埃日積月累也不願引一波波洪水來洗滌一番，畢竟面對「我」是殘酷的。

然而被現實照射而碎裂的這片眞我之鏡下，人如何單一存在？人如何分裂而又完整？人如何度過漫漫時間長河卻保持清醒？我們如何統合我們內在的小女孩與大女人？如何讓被恐懼與憤怒製造出來的「我」退位？「只有重新接受才行。」《第5位莎莉》提出一句簡單易懂卻難行的話，人人懂「重新接受」四字，然如何才算眞正的接受？心裡是否能夠對往事毫無任何的雜音？沒有眞正的解答，只有眞正的面對。莎莉體內的女人可以說是所有女人的再現，也就是說我們每一個人都不可能是單一人格的，沒有顯現不代表沒有，如前面所言我們所謂的社會正常人只不過是比較清楚地知道何時該「開」，何時該「關」而已，但問題我們也沒有比較快樂。

有時黑暗會把人帶到深淵，但彈出深淵者力道之強大也讓人肅然起敬。

莎莉的人生是一則精神疾病者的奮鬥史，但更寧願把莎莉視爲我的好友，莎莉也是我的分身，莎莉照妖鏡了「我」，讓「我」目睹體內自我繁殖的各種「她」：想遠走高飛的浪女、紅塵慾望熟女、退隱山林女尼、瘋狂女藝者、永遠不想長大的小女孩……她們互爲關係，她們都是某個我的碎片，也是我刻意遺忘或者壓抑的「部分本我」，完整的人意味著接受每個時間下的碎片自我。

愛戀者，無不成了日常生活的局外人

這故事具有一種近乎「我倆沒有明天」的愛情生活，像是一塊磁鐵，吸引人想要往下快讀的「慾望」魅力，加上作者魏微的敘述語言極其俐落，多以短句堆疊人物情緒，以「往事懺情錄」的寫法暈開了全篇故事的悠緩色調。

故事像是上了光暈的黃昏愛情，一種四面楚歌的愛情，際遇已然兵臨城下，然而布幕後繾綣的戀人卻無視於現實，他們只顧交纏著疼痛的肉體，汗水淋漓只盼哀歡至死似的嗜愛情狂徒。

兩年的戀人，一人各交付一年，這一年就是彼此的一生。往前往後都絕無僅有，快樂的傷痕，幽黯的交歡，不問明天但問此時此刻。

愛情將人拋離了日常生活，每個處在

熱騰騰的愛戀者，無不成了日常生活的局外人。

這就是**《拐彎的夏天》**所欲剖開凝視的愛情「原型」，沒有如膠似漆的愛情就不能稱愛情，沒有身心皆疲所引發的刺痛感就不能稱愛情，沒有不見你就有如世界末日就不能稱愛情……愛情其眞實發生的時間實則短暫——愛情太短不足以化爲椎心之痛的記憶，愛情太長卻演化成親情恩情。

因此只能兩年這麼短。因嘆其短，懷念遂長。

誰能幫女人脫困，女人就會永遠隸屬

從一開始羅珊娜出場，展翅消失在星空，就牢牢把我的目光釘住。長出翅膀的羅珊娜近乎天使形象，但往故事軸線走，卻揭開羅珊娜一生搏鬥的故事，她曾經是妓女，留下一句我認為是愛情的經典名言：「幫我逃走，我就會永遠是你一個人的。」現代女人閱讀《天使飛走的夜晚》，可以將「逃走」延伸成逃脫各種精神囚籠，誰能幫女人脫困，女人就會永遠隸屬於「他」。然這個「他」未必是男人，也許是閱讀，也許是出走，也許也是女人……

棄的故事是老舊的故事，但總有厲害的小說家

我畏懼輪迴，其中畏懼的一個原因竟是怕再當小孩，不過有一個朋友聽了卻回說一句：也許會變蟑螂也說不定。我說那就要怕被拖鞋打了。不論會成爲何物，這個對話的核心是我怕生命裡「無法自主」的東西，這才是我畏懼之所在。

《被放逐的孩子》表面說的是一種被際遇被親情放逐的孩子，但核心談的卻是各種「棄」與無法自主的恐懼。

人的一生說來卻又都是一個「棄的故事」，人子被衆神遺棄，被父母親拋下，被成人的冷漠的遺棄，或者戀人彼此離棄，朋友反目彼此唾棄……棄的故事是老舊的故事，但老調的故事總有厲害的小說家能爲舊調重新上色。

《被放逐的孩子》並不循老路書寫，

她把傷害埋得很深，很幽微，得細針慢慢挑出，才能見到整面命運的織錦圖。這首先得有一個新意，這新觀點是珊蒂．瓊絲把「棄」置之在「愛」之上（一般寫遺棄故事都是寫不被愛或因爲恨），但相愛的人又怎麼會遺棄彼此？或者該說愈相愛的人愈容易彼此傷害，因爲以愛之名太容易行事，就像成人把一切歸咎於童年傷害的家庭原罪一樣。作者將這本小說裡可能掉到通俗的故事推到一個獨特視角：人得承擔一切。

這本書的厲害倒非純是書寫技巧，而是作者珊蒂．瓊絲把一種可能漫漶成災的濫情寫得如此理性與冷調。還有就是珊蒂．瓊絲寫的情節充滿了戲劇對話與結構，這和她在寫小說前是一位劇作家也許有關。

小說序幕的第一句話已是小說故事的全部濃縮：「沒人來接他。」一開始就是一個孤寂的無人畫面，名叫路易斯的他靜靜地孤單地準備走出監獄生活。爲什麼沒有人來接他？爲什麼他會入獄？一個少年會犯下什麼罪？而這罪爲何僅是被關兩年？小說一開始就有了懸疑感，隨後時光倒退回十多年前，七歲的路易斯還是個天眞的孩子，完全不知命運這個神秘的怪獸已經悄悄在前方設下了陷阱。

天使是如何斷翅的？

悲哀的不是枯萎的本身

如果提前獲知自己人生後面的故事發展與結局，難道我們就能減少青春時期的好奇跌撞與飛蛾撲火？如果父母疼愛我們，難道就可以減少自毀或增多自救的能力？如果我們天生長得美，我們的人生就可以順遂些？

《依然美麗》否定了我所提問的上述這些如果，《依然美麗》認為人需要愛，但愛被高估了；有時即使知道自己的故事未來卻也無力阻止；美麗不僅不會使你的人生更順遂，可能還會更悲哀……這本書的核心纏繞著一個「美麗」的人類古老問題，一個讓人驚豔的美麗少女如何一路被際遇與個性的荊棘刺傷，最終成為一朵枯萎的花朵。她在逐漸枯萎的生命倒映了自己的臉孔，驚訝地發現自己成為「物質美麗女孩」的不幸。

《依然美麗》的英文原名是《Veronica》，我原先以爲這故事是一個人的雙面故事，像是電影「雙面薇若妮卡」一般。但《依然美麗》並不走這樣的老套故事，這書比較像是中文的副標：「艾莉森與薇若妮卡」的敘述結構，藉由「我」艾莉森這個美女來書寫又醜又病的薇若妮卡，讀者最後發現薇若妮卡還活得比較自在，即使她具有更大的不幸，但至少她成爲她自己本有的樣貌，她是一棵冬天會脫皮的樹，她不成爲玫瑰花。

作者瑪麗．蓋茨基爾不選「美／醜」「善／惡」的任何一邊站，她說故事的方法是「美與醜」各有宿命與不幸的源頭，這書讓人讀來幾乎是被鉤到了血肉，我想女人讀來更有感覺，因爲蓋茨基爾冷酷地在小說裡把人的不幸放之於「個性」「寂寞」種種這類難以描述的東西上，於是冷酷地揭穿不管女人多年輕，多美貌，多麼被路人凝視注目，她依然不快樂。但女人往往錯以爲自己不快樂是因爲自己不夠完美，其中認爲自己「外表」不夠美麗尤爲原罪，於是女人不斷追求更完美的外在塑型，卻不從內我下手，反求外在色相的改造。

象徵醜與病的薇若妮卡，卻輝映出人類許多隱藏的向上力量，象徵美與健康的艾莉森卻不斷地從美麗的身體裡滲出自毀的慾望。人類擁有自救與自毀的雙重力量，但通常握有這兩股力量的兩邊卻互瞧不起，靈性者瞧不起肉慾者墮落，肉慾者覺得靈性者做作。

這讓我憂傷地想起我有個美麗的女友神似艾莉森，許多活得自以爲很正面的友人就很不屑地對她批評：「難道妳都沒有進取心嗎？」我那朋友說：「妳怎麼知道我沒有，也許我的進取心並不比妳少，只是我那向下墜落的慾望也比妳深。」我可以深深體會這兩股力量發生在女人身上的種種矛盾，旁人看似可惜，但實則個體生命自有其生長的樣貌。仙人掌可以半年都不喝水，玫瑰花又何必替她焦慮。玫瑰花枯萎時，悲哀的不是那個枯萎的本身，悲哀的是她不願意接受已然枯萎的事實。

《依然美麗》的故事結尾是美麗的模特兒艾莉森車禍受傷，對護士叫著：「我是模特兒，我不能有爛耳朵！」「爲什麼不能？」那護士接著說：「妳就有個爛腦袋啊。」艾莉森無法適應模特兒生活，但卻又天生長得美麗而無法從事平凡的工作，於是兩邊都失去，美麗成了包袱，昔日的模特兒光環也成了鎖鍊的美貌原罪。

所以美女的悲劇絕對大於醜女孩，醜女孩可以很認命，美女如果無法瞭解生命自有榮枯，色相總有毀壞一日，那麼此悲劇將一代又一代。《依然美麗》一開始就這樣寫了，藉著一個德國過氣的模特兒來對照十六歲時的艾莉森，而艾莉森依然複製了那名過氣模特兒的命運。一代又一代的美麗女子媚行而過時，她們不見殷鑑不遠的老女人，她們看見的是眼前自己的倒影。以爲「美麗恆在」，這接近神話了，而人追求神話，就具備了悲劇性。

包裝醜陋的禮物沒有人要，包裝美麗的毒藥卻人人趨之若鶩。我們人永遠都有雙重性，我們既是艾莉森也是薇若妮卡。我們對自己和他人，是既殘酷又仁慈。

一個絲線拉開另一個絲線，像是漩渦裡的漩渦

《巴別塔之犬》實可視爲一則變形的人犬神話。

語言學家保羅因愛妻蕾西死亡的目擊者是狗蘿麗，而自此想訓練牠成爲他，開口說話以解謎。新銳小說家帕克斯特以美國慣見戲劇結構裡的「懸疑」張力來打開我們的眼睛，目擊者狗、語言學家、亡妻……先登場。繼之下讀，發現它不太具懸疑結構元素，可疑事物不多，卻反以思念爲主軸地成了齣愛情劇。懸疑氣氛降低，卻大大提高了故事文學魅力。或可說，小說最成功處在於敘述小人物裡的大宇宙：一顆心層層疊疊的意識流奧妙。假設保羅不是語言學家，那麼訓練狗說話就不具說服力，假設蕾西不是製作往生面具者，那麼悲傷就不夠深大。兩人相愛的表達方

式，在小說裡也有著驚人「戲劇」催發效果：相遇在舊貨市場，保羅買了個可製方形蛋機器（還捧著方形蛋切片去找她）、蕾西少女拔毛症而剃光頭（還刺青了梅杜莎圖騰）、寫字在手上習慣、戴著恆掛微笑的陌生女人面具和他做愛、將「我愛你」用透明釉寫在廚房角落，光折射下才能見到……小說的故事鋪展是以一個絲線再拉開另一個絲線，像是漩渦裡的漩渦。喪偶語言學家在理性秩序裡意圖訓練狗說話，另方面卻跌入感性慾望裡思念著亡妻。兩大線圈裡組織小細節，在小細節充滿著對照組，虐狗團體、嘮叨的第一任妻子……

在東方，我們思念往生者可能藉助觀落陰、卜卦、入冥府……，帕克斯特讓小說出現最大的戲劇化是男人聽見愛妻聲音出現在電視心靈熱線，他打了無數通電話終於接通到阿拉貝拉夫人，十張塔羅牌重現其妻懷孕的人生徬徨。

小說時間恰好一年。這一年喪偶男人如何和狗溝通到發現語言溝通之徒勞（即使雙方深愛），也解開其妻是自殺之謎。時間療癒了深沉悲傷，保羅重返職場……帕克斯特的敘述與語言技巧形成的人間「懸念」氛圍，大大甩開了典型人物的窠臼。這本小說，是如此的「戲劇」。一本小說如何被戲劇化？讀此書有抽絲剝繭的解構樂趣。

盈滿如力透紙背的詩意 漫漶著我們的目光

「如果能將悲哀完全拋在腦後，這樣一來，我們等於忘了自己曾經活過，對我而言，悲傷似乎是生命重要的一部分。」瑪莉蓮．羅賓遜在五十七歲的年紀出版了備受矚目的《**遺愛基列**》，我特別提出這個數字，這數字像是螢光記號，是爲了給予自己的一種提醒，提醒寫作者的生命可以如斯恆久。西方作家（特別是女作家）常常有一種超越「年紀」的生命力，好像年齡與體力從來都不會是阻礙，只要願意提筆，智慧的繆思之神就會加以眷顧。我們東方近年來深受張愛玲「成名要趁早」之毒的影響，往往寫作之齡來得早，卻也凋零得快。

羅賓遜再次給予我們女作家一劑強心針——「酒愈陳愈香」。《遺愛基列》幾乎是個擬仿虔誠教徒的回憶錄，這本書的精采之處在於將牧師的神格性回到人性，此爲這本書之能清新脫俗動人的深刻切入點，屢屢讀來降伏了非教徒的我想要好好地讀讀《聖經》。羅賓遜這回以男性爲敘述觀點，她筆下的這位名叫約翰·艾姆斯的牧師甚愛其妻與子（對他們的愛，幾乎凌越了上帝，牧師常常感傷且忐忑不安，所有的講道詞幾乎爲她所擬……）。老牧師深怕隨時有死於心臟病的可能，於是在生日之際提筆寫信給兒子，打從第一句話就那樣動人心弦：「昨晚我告訴你有朝一日我將離去，你說：去哪裡？我說：去天主的國度；你說：爲什麼？我說：因爲我老了；你說：我不覺得你老。然後你把手疊在我手上悄悄地說：你還不算太老，彷彿這樣說了就算數。」

老牧師告訴小兒子要去天主的國度。小兒子問，爲什麼？

這原本會變成非常好萊塢劇情的煽情寫法，在羅賓遜的簡練文筆中卻形成一種內斂至極的深處之筆，說來也是極其特殊的。我一直以爲羅賓遜最擅長的書寫是「家族史」，她常用一種極獨特的寫法來寫出關於每個人心中的「家」之情傷與愛之內蘊。例如讓她一舉成名的鉅作《管家》。寫家族史，起先，無非是在倫記憶。寫得好壞差別，一開始，關乎作者偷時光偷感情偷記憶的方式優劣。

羅賓遜用有如書寫《聖經》般的信徒虔誠態度融合了最詩意的文字，描寫了環繞湖邊的「指骨鎮」故事，那盈滿如力透紙背的詩意漫漶著我們的目光，那充滿湖水般的濕度也不斷地滲出故事表面。目光是人的終結，《管家》說的是，記憶是人的終結。《管家》的成長記憶書寫帶著一種詩夢式的心靈追悼，無批判無怨懟，只餘詩心縈繞不斷漂流的床。

如果將羅賓遜的處女作和《遺愛基列》作評比，我個人以為《管家》仍是她最好的作品。但《遺愛基列》卻是讓人心靈有撫慰之作。指骨鎮的故事在《遺愛基列》裡換成了Gilead這個小鎮，小鎮永遠是羅賓遜的封閉場域，她的人物劇場在小鎮裡完全得到最理想的發揮。

至於另類的家族史式寫法仍延續，《遺愛基列》裡的祖父讓人讀之印象深刻，其怪異行徑幾乎讓我想起了馬奎斯《百年孤寂》筆下的老邦迪亞。這個寫信給還小的兒子的牧師高齡父親企圖回憶自己同是牧師的父親來懺悔這一切的人生情愛與良善。也因為祖父及種種角色的成功，使得這本極容易成為八股書寫的散文體小說竟然如此地跳躍了制式的思考，而把閱讀者的心情拉到極為人性的省思。

同時間，羅賓遜一向冷靜乾淨的文字，也使得所有可能煽情的回憶錄近乎告白的簡抑。

「神職人員有目睹生命的這一面，這是一種大家很少提及的特權。」這句話把永遠交給別人耳朵的神職人員給了一個有趣的觀點——聆聽是一種特權。「其實我的生活有點可悲，我也無法忍受他們的同情。……我花了大半輩子的時間安慰別人，但我卻受不了別人試圖安慰我。」「一想到自己寫跟奧古斯丁一樣多，卻得想辦法全部丟掉，心裡實在慚愧。」羅賓遜在這本書裡經常流露出她獨特的見解，包括她描述戰爭期間死於流感的士兵，她藉由牧師之口說出了她的獨特生命觀——「這下他們就不必背負殺戮的罪孽。」羅賓遜年近晚年的生命關懷書，她將智慧提煉至一種非常人性卻又十足與神對話的文體，簡潔幽靜的字詞，流露著永遠讀之不膩的動人情韻，這是繼《管家》之後列爲我的床頭書之一了。

若了無掙扎，人性就不存在

「有人說我沉淪，他們太客氣了；我不是沉淪，而是用力向下俯衝。」《美人魚的椅子》初始就寫下這樣直率的語句，因而掠住了我的目光。同時，教會修士愛上人妻，也使小說本身具有窺視性。

聽了丈夫呼吸聲二十年，這個人妻「潔西」在罪惡感中望著窗外幽暗光線，潔西甚至可以數出丈夫刮鬍刀敲水槽的次數，恆是三次，不多不少，一如每個日常往昔。丈夫穿衣的顏色與方式，潔西目睹上千次，潔西在安全卻無趣的中產裡日漸感到自我存在的消殞，她想離開，她想「游」至汪洋大海。

小說具有好萊塢電影元素的人物典型特質「中產的忙碌醫生丈夫、內心荒渴的人妻、家庭破碎而遁入教會的修士」，很可能走上庸俗化的劇情危機，卻因作者的自覺而避免了這條「窄」路。
作者奇德如何跳脫刻板的典型人物敘述與內容？
首先，奇德安排讓際遇上場，際遇幫「我」覓到不被擱淺的出口。當中年危機開始在心裡醞釀時，人妻潔西感到時光流逝，她知道生活有什麼東西被耽誤，被壓抑了。從小在教堂裡的潔西，有個愛其甚深卻早死之父，以及瘋婆子般的母親。際遇來了──瘋狂的母親在某日竟橫生切斷了自己的手指，潔西於是有個可貴的理由離開中產之家，告別忙碌的醫生丈夫，前往老家，探視在島嶼居住的受傷母親。島上有座修道院，教堂內有張美麗神秘之椅，雕刻著美人魚，椅子紀念一位聖人，傳說在她皈依天主前，曾是美人魚。潔西在心神蕩漾的美麗風光邂逅了把心封閉起來的修士。
這本小說的深度可說是來自於將女主角的出走外遇核心拉到了探討原生家庭的「原罪」與「贖罪」，並試圖將蒙上神秘色彩的傳說與教會修士的慾望一併攤在陽光下。奇德讓女性與修會的道德議題更加鮮明，溯及隱埋的苦痛根源，也藉此讓讀者面對無法逃避的慾望課題。靈與肉之間，究竟是無法跨越的兩個疆界？還是僅僅一線之隔？男人與女人如何在封閉空間（家庭與教會）面對肉體的慾望騷動？激情狂喜之後，如何重整自己好面對鋪天蓋地而來的現實？

「我」生活在醫師家庭的優渥之中，先生長得體面且還專情不渝，女兒已上大學，多年下來，可說是生活平靜，幸福美滿。如此幸福竟也是讓人想抽離的原因，幸福至失去新鮮了，人性這時會渴望變化，但欲圖變化要付上代價。小說的核心是探討愛與慣性，愛從原生家庭的父親與母親開始敘述，這使得這本小說有了比其他言情小說更深邃的血肉。有掙扎才有人性，若了無掙扎，人性就不存在，人不是成了神就是魔了。

例如寫到湯瑪士時，奇德寫：「修士滿腦子都是她穿著緊貼大腿的藍色牛仔褲，站在禮拜堂的倩影。」這眞實多了。有一段敘述也頗美妙——潔西發現她不是沒有性的渴望，而是通往性大海的水龍頭生鏽了，長年被習慣麻痺了。「所有水龍頭都接通一個無止境的性慾大海。」潔西發現性其實也是一種對話，一種溝通方式。她從古老的貞潔裡醒轉，緊緊抓住「剛發生的事所帶來的滿溢的幸福，感到滿足，充滿活力。」

好了，小說至此，兩人該發生關係該挑逗的情節都有了，那麼接下來呢？

每個人生的難題都是「接下來呢？」情慾來得快去得也快，問題是現實，現實生活才是愛情的一切，否則愛情都是煙花一散。於是女人的思考就更靠近現實了，潔西想萬一婚也離了，而新的愛人卻還是選擇上帝？那她豈不是家庭與愛情皆落空。愛、性、靈魂三位一體，構成一個人的內外世界。

「萬一眞正的神聖是掌握住外在世界的人生呢？」這個品嚐到肉體色慾的修士，開始思索了，他想他「確實想要上帝，但是他現在知道，他更想要潔西。」我很喜歡這本小說在處理這些心情時語言非常坦率。這本小說的每個人都因爲追求愛的眞相而付出了代價，每個年齡都有每個年齡的新愛情困擾，中年男女的新愛情，可以說是通俗人世的「後浪漫」現象。

可惜《美人魚的椅子》的開頭與中段都極其好看，未料結局卻走向通俗性的妥協與無可救藥的過膩甜美，小說那一開始就逼視自我的沉淪直率與渴望尋找重生的救贖力量都在結尾裡淡化了。也許美人魚本來就是屬於寓言的，基於寓言性質，甜美的大圓滿結局，也無可厚非了。畢竟慾望的十字架沉重極了，不是人人扛得起。如果妳的渴望夠強，那麼妳應該去試一試，沒有嘗試過的人生，體驗都是別人的，格言也都只是蒼白無用的。妳應該去嘗試過自己想過的人生，即使錯誤了，至少也可以知道「原來」的是對的。

唯一的真實存在是……

「我不在的時候，妳老是到我房裡來；我在的時候倒又走了。下雨的時候妳去散步，陽光普照時，妳又關在屋裡。我想要妳的時候，妳扣上襯衫釦子，緊閉雙腿，我早上跟客人一起喝香檳的時候，妳就來聞我的床單，看看是否藏了些低劣的想法，……我不知道妳究竟會不會找到妳想找的東西。……」《布萊希特的情人》是一種虛擬與眞實對應錯位關係的寫法。小說唯一的眞實存在是「愛情」，愛情可以超越一切——也就是爲了愛人的自由，人可以斷然離開愛人，一切爲愛人好才是眞愛。愛情的三角關係撲朔迷離，小說虛構了現實的幻影，勾勒出歷史的某些眞實：映出了大劇作家布萊希特的人性黑暗面。

失去只是預告下一次的擁有

愛情的題材，總是開挖不絕。當我們以爲愛情走到盡頭時，它卻能絕處逢生，千變萬化。《隔壁墓園的男孩》爲我們重新找回死去的愛情，找回傷心過後的人生依然可以更精采。讀《隔壁墓園的男孩》肯定可以獲得愉悅，且信心倍增，讓我們明白每個生命的轉彎處都有未知的主角等著我們去配對、都有未知的劇情等著我們去演出。《隔壁墓園的男孩》讓我聯想起《舊約聖經》的雅歌：「冬天結束了，雨季走了，百花又出現在大地上。歌唱的季節來了，開滿花的葡萄樹香氣四溢，快起來！我美麗的愛人，跟我走吧。」這本小說，就是這種氛圍，在百無聊賴的日常之後，人生與愛情也將如季節翻轉。

原本墓園是死亡的流刑地，在這本書

裡竟成了愛神丘比特發箭之處。當然作者賦予了一個不同通俗愛情可能掉入的一般視野：作者讓守寡的年輕婦人在墓園裡竟是對著墓碑產生憤恨情緒，而非是自我憐憫，這是頗特別的小說切入點。（不以死者爲大的傷心書寫，反以活者的餘生爲切入重點，此讓這本小說有了很獨特的敘述角度。）

愛情雖然美妙，但千萬不要隨意搖醒愛情，除非它來了。

《隔壁墓園的男孩》裡的戀人搖晃愛情之前，都經過一段極爲寂寞的孤獨旅程：女人是沒有小孩的年輕寡婦，在圖書館工作，死了丈夫，一年來常徘徊墓園，不斷地想著過去；男人是在墓園旁耕耘的酪農，渾身沾著牛棚氣味，死了老媽後，成了又孤獨又忙碌的人。兩個孤獨的人在墓園相遇了，在愛情該來的時候，他們搖晃了愛情。作者卡特琳娜巧妙地運用「雙聲帶」的平行書寫，女聲之後是男腔，都以「我」來作爲主述，因此展現了許多「心音」，寫來十分入骨眞實，作者筆鋒犀利，文字俏皮，思考活潑，許多時候讀來常讓人發噱，彷彿有個鏡頭分別對準了這對男女，他們各自在舞台裡展演獨白，寫出了愛情王國裡男女思考的種種差異。使得通俗的愛情劇挖進了心的深度，寫實之餘，頗堪咀嚼玩味。

結尾更是讓我捧腹大笑，老覺得不可思議。如何不可思議呢？這對男女原本是相愛的（且性事上十分契合），但因爲女的喜歡藝文，男的卻喜歡牧場生活，彼此相愛，卻難相處，在無法忍受彼此生活的差異下而以分手結束，本以爲小說至此要結束了，哪裡知道故事一轉，女的打電話給男的（而男的已然和另個女人爲了生活安穩而結了婚），她希望懷有男人的種……。「請你過來跟我最後一次上床。」女人說。這結尾我以爲是太奇異了，這有點像西方版的張愛玲：其筆下的女人，可以在愛情幻滅後，重新找到人生的碇錨。這是女人在愛情裡的奇異智慧，也就是我說的可以絕處逢生，我以爲這本小說是正面的，是光明的。失去不必然是結束，死去也未必不再擁有，重點是要保有對愛情的感覺與對未來生活的美好渴望。

這本小說也許可以幫許多孤枕難眠的男女點亮心中的愛火，也讓浮世男女以爲死亡或分手都不是悲劇，這只是人生的某種劇情。眞正的悲劇是：自此不敢再愛，不敢再擁有，不敢再享受……失去只是預告下一次的擁有。這也讓我思考著：爲什麼我們總是喜歡一些不可能有結局的愛情故事呢？是否是因爲在不可能裡往往看見了最眞實的自我？在追逐愛情的過程，讓我們看見內心有著什麼在燃燒著。

《隔壁墓園的男孩》燒出了女人覺知自己想成爲母親的渴望，燃出了男人既渴求安定又渴望激情的矛盾。而愛的陰暗面往往是幽默的，我非常相信這一點，尤其在讀了《隔壁墓園的男孩》之後，這也是我讀這本書的愉悅之處：幽默自嘲的背後往往襯出了相愛與相處兩相掙扎的無奈。

By/小末

「喚醒」與「除魅」

「親愛的聖者啊，我痛恨我的名字。」

多少年來，莎士比亞筆下的茱麗葉與羅密歐已成了愛情不朽的印記，爲情可生可死，穿越時代，這兩個名字就像悲傷愛情故事的符號。重新爲古典名劇注入新意是很不容易的，這本小說在嚴謹史實的考據下，推演了一幕又一幕中世紀最驚心動魄的愛情。追尋者「茱麗葉塔」掉進了家族黑洞，一步步地往秘密推去，最終揭開了謎底，且一併揭密了莎翁經典名劇。

小說處處埋藏著多重線索，一個故事套著另一個故事，一個謎套著另一個謎，精采連連，如看大型戲劇般，華麗而悅目。

主場景在義大利西恩那古城，競技

場、教堂、暗巷與地下水道遍布古城，西恩那也是我旅行托斯卡尼最愛的古城之一，讀《茱麗葉》西恩那不斷地在我腦海重播。十四世紀的西恩那和當今西恩那風光相距並不遠，小說裡的家族秘辛與教堂修士等發生在西恩那的故事十分生動，可以說這本《茱麗葉》是以旅途和愛情元素來重新演繹「悲傷的愛情」，這本小說是「喚醒」與「除魅」：喚醒沉睡的愛情中人，除魅家族詛咒與往事的幽魂。

重新在經典裡找創意源頭，在旅途裡追尋身世之謎，讓這本小說在歷史迷人的光影下，透現出通俗愛情也具有撼人的力量。穿越了時間，穿越了生死，穿過了好幾個世紀……茱麗葉與羅密歐總是從古墳爬起，他們從來不死，每一代的情侶總是有人重新演出為愛而生、為愛而死的古老劇碼。茱麗葉與羅密歐在這本小說裡重新復活，在當代輕盈的速食愛情裡，顯得特別有意思，我們發現原來世人的愛多已沉睡，愛是需要被喚醒的，就像茱麗葉召喚羅密歐一般。

愛的高度是「一切的本質」

這本薄薄的情書，讓我的心蒙上厚厚的愛意，讓我的眼睛瞬間得了愛的沾黏症。

這樣的情書能夠讓世人讀懂嗎？我其實帶著懷疑。畢竟世人對生命的「終點」還很迷惘，而「愛情」這樣的字眼，在普遍庸俗化的當代世界，它還能被秤出重量嗎？

然高茲秤出了屬於自己的愛情重量。

短暫的愛情近乎潛海的乙醚迷幻，而高茲的愛情不是這樣，他認爲「和妳在一起」是唯一的本質。對D.的愛是他存在的一切，回到這樣的高度，或許才能理解他們最終選擇的自殺之路。

安德烈·高茲這位常出現在許多左派社會學及哲學領域的名字，生命臨終時刻在世人眼前燃起了一把愛的熊熊大火，高茲和他深愛的妻子在二〇〇七年雙雙服毒自殺。哲學家夫婦一同奔赴黃泉，引發了歐洲媒體的震撼與探討。

這年高茲八十四歲，太太八十三歲，兩人在一起五十八年。

這些數字是有意義的，這數字標誌的是「愛情漫漫長路下的超高難度」。五十八年的愛情，依然熾熱，依然新鮮如昨，這是怎麼樣的愛情？於是我們得讀讀《最後一封情書》。

《最後一封情書》的原名爲《Lettre à D.》——致D.的信。D.就是高茲深愛的太太Dorine的縮寫。他過世前一年以自傳體的告白形式自剖了兩人的愛情經歷與對太太歷久彌新的愛。世故的當代人，能理解這樣純粹的愛嗎？我以爲不能，但我認爲即使無法理解或接受，但絕對可以深受這本情書的愛情震盪。連法國小說家卡繆都寫過：「眞正哲學嚴峻的命題是：能否自殺？」這也像文學家卡夫卡寫的：「開悟，只能經歷，無法言說。」那麼叩問自殺和開悟這兩個境界的極端，是否人可以回到「個人意志」的選擇？

要理解這樣的決定是非常難的，「自殺」這裡有非常爭議性的話題我並不想談，因爲這本書是「愛情」（話說回來，若沒有高茲和D.這樣的愛情高度，死亡也就輕如鴻毛了。正因爲他們的愛情如此純粹，死亡或許成了他們的救贖？）所以高茲對愛情的感受不能用世人之眼來加以詮釋，這將會是一種褻瀆。也許我們最多只能還原情境：D.臥病多年，她槁木死灰那年，高茲寫了《最後一封情書》，隔年在太太生命的盡頭，「他們」決定不成爲對方死去後的獨活者，也就是說沒有對方，他們都不想繼續活下去。

他們的愛，仍讓我大吃一驚且繼而悵然，情可生可死，愛可傾城傾國，世人都說愛，但愛的保鮮期太短。別說D.已是八十二歲了，且還是個生病的老婆婆，但在高茲的眼裡仍是美麗動人，他的情書開頭就抓住了我的眼光：「妳將要八十二歲了。身高縮了六公分，體重只剩下四十五公斤，但妳依舊美麗、優雅、讓人動心。我們在一起生活了五十八年，我卻比任何時候都還愛妳。」

這樣飽滿的戀人絮語，是否可以撫慰我們對愛的不信任與不安全感，是否可以解放我們對身體青春的眷戀？愛情能否終老原來無關身體衰老崩毀與否，高茲示現了愛的高度是「一切的本質」。

生生世世的愛情遭逢，也許要靠緣分或者神諭的欽點。然而這種直教人生死相許的愛情，高茲這個鐵漢哲學家則以生命做出了一個柔情的見證。一生都在爲左派運動與爲勞工無產階級發聲的高茲以爲人的「自由時間」是必要的活動，臨終他也以這樣的決定來換取戀人自由的私密時光。無論輿論如何，高茲和D.做了自己生命的決定

（應該說是愛情互屬的決定），他們承擔了自己愛情的苦與樂，旁人已無權置喙一語。

「生命比任何財富都重要。」高茲早已明白這一點，所以六十歲就退休，他領悟到工作二十三年的報社場域沒有人會不捨他的離去，連他自己都不會不捨。他決定和妻子共度餘生，「和妳在一起。」是他活著的原因與本質，「我無法想像妳不在了，我還能繼續寫東西。」這句話很堪玩味，寫作是高茲的生命，而唯一能剝奪高茲放棄生命的只有D.。

朋友依高茲遺言將這對戀人骨灰一起撒在他們家的花園裡，我掩卷時想著：這座花園應該常有蝴蝶在其上飛翔吧。

戀人的專屬之地，旁人的目光都是多餘的。高茲這位畢生都在尋找烏托邦的哲人，最後沒有實現社會烏托邦，但卻爲世人見證了愛情的烏托邦。

我比任何時候都愛你。

我在絕望中愛著你……非常法國。非常情調。我愈來愈失去這種激情。如有，就留給文學吧。

故事有他的來處，也有他的歸處

《我想念我自己》的小說原型很容易讓人聯想到英國小說家艾瑞絲・梅鐸（Iris Murdoch）的故事，一生以文字創作的艾瑞絲最後茫然街頭，不知自己是誰，當郵差送來她寫的最後一本書時，她手中所握的正是她消失前的人生，但她連印在書上的名字都不認得了，往事點點滴滴跑去哪了？

「如果沒有文字，思想是什麼？」艾瑞絲讓我們想起這樣一個書寫者的悲劇：她連她寫的文字世界都無法進入，一個不認得自己的人又如何指認自己在世界上生活過一切的刻痕？

記憶的地基不斷地被淘空，這隻怪手叫做「阿茲海默症」。

《我想念我自己》書中的主人翁叫愛

麗絲，巧合的是愛麗絲的丈夫和英國小說家艾瑞絲的老公約翰·貝禮一樣也叫約翰。遭受了失智症打擊的愛麗絲和眞實人物艾瑞絲不同之處是，作者潔諾娃很巧妙地安排的愛麗絲是「早發性」哈佛心理系教授失智患者，疾病發生在五十歲，所以小說可以非常鉅細靡遺地寫出這個疾病發生記憶流失的「細節」，這讓這本小說近乎「紀錄片」，我閱讀的時候還常替愛麗絲擔起心來，好像跟著她一起審視所有人生的記憶拼圖，老想著遺失的那些區塊究竟被搬到哪裡了，好像我們是愛麗絲的家人，也深陷在畏懼記憶流失的風暴裡。難怪有評者說這本書簡直是「眞實得不可思議」，作者做足了功課之外，還把故事拉到一個「家族史」的高視野，這意味著人不可能單獨存在，一個基因連著另一個基因，每個人的血緣鏈都串連著許多潛藏的命運共同體。

所以《我想念我自己》最動人的部分是原本有可能分崩離析的「家庭」竟因爲母親愛麗絲得病而重新聚合，尤其是母女之間的誤解與拆解，都是源於這個疾病之賜。作者似乎要告訴讀者疾病未必是毀滅，疾病也可以是救贖與隱喩。而阿茲海默症的隱喩即是要人勇於去解開記憶謎團，不再閃躲，因爲生命和遺忘的速度在賽跑，要不要趕緊趁字詞遺忘前趕緊吐出「和解」和「愛」等字詞是小說最後想要揭露的核心。

所幸這本書不說教，作者首先讓患病的愛麗絲理解到原來她的這個疾病基因竟是得自其一生所恨的酗酒父親的遺傳譜系，她倒帶父親人生，才訝然發現父親晚年「認不出女兒是誰」是因爲患了此症，而非因酗酒之故。故事寫愛麗絲在得知患病後來到家族墓園，她想著：「這裡向來是她和母親、妹妹獨處的場所，現在卻多了爸爸。他沒資格來這裡。」「爸，怎麼樣，這下你開心了吧！我分到你的爛基因，我們都要死在你的手上了。你殺了全家人，感覺怎麼樣？」這一段是我覺得最驚心動魄的敘述。既憤怒又哀傷，既理解又想閃躲，但命運已然兵臨城下了，由不得她了。

這本書的高潮是愛麗絲既然得自父親的爛基因，那麼她也將遺傳給她的三個孩子，孩子怎麼辦？孩子的命運？故事於是拉到了家族集體「心」治療的視野，心被療癒的過程，勝過於解讀阿茲海默症了，故事於是擺脫了可能老套的陷阱。

最終的家庭和解是作者藉由愛麗絲原本反對小女兒麗蒂亞當演員的戲劇來演出「愛」的橋段：「好了，妳有什麼感覺？」「我感覺到愛，那是在說愛。」……

這疾病亦如同寓言。愛麗絲已經看見自己往後的樣貌，所以她說：「我想念我自己。」約翰回應：「我也想念妳，非常。」難以忍受的預知人生，但也只能慢慢接受了，故事有他的來處，也有他的歸處，只是主人不記得了，主人遺忘了故事，但故事有「家族基因」的延續，故事終將會找到出口。《我想念我自己》是寫得好看且思路清晰，故事又發展得情理並置的「疾病書」佳作。

如果我不寫作，我會是誰？我也問著自己。

我是誰？我的血緣來自何方？我頂著這個身體，這身體潛藏著我們看不見的基因缺陷，我們的故事都待完成，我們的自我認同其實原本都是模糊的，總得被許多重大事件來形塑它的存在，只是有人迎擊反思這個「重大事件」，有人僅能對「重大事件」投降繳械。當一個人面對內在黑暗的猛獸時，雖然歷經支離破碎與種種傷痕的爆發，但卻反而萌生一股強大的能量來。

記憶尾隨著我們的一生，不必擺脫它，它有一天終將消失，且可能消失到連自己都可能不復記憶，失憶抹消了人的存在，但眞的抹消得了嗎？我想念我自己，愛麗絲這句話隱喻了人創造了自己的故事，接著故事想要擺脫人，但其實自己和人生故事互爲因果。

有人相愛的時候，就是有人幸福的時候

《眼中世界》像是一幅暮色的畫，畫裡的臉孔鐫刻著因愛而滄桑的痕跡，彷彿極其疲勞，極其感傷，人物背後的光線很暗很暗……帶著廢墟似的破碎。

很多人呼喚刻骨銘心的愛情，但卻很少探勘自己的個性是否能承受得起這樣的刻骨銘心，《眼中世界》似乎告訴著我，愛情的深刻與否取決於性情，每個愛情故事的背後都藏著一張自己的肖像，我們從愛情裡就可畫出自己的原形。許多時候，並非愛情求之不得，而是可能我們自己被自己的個性給綁住了。

小說一開始即寫：「母親在戰爭期間認識一個男人。他們有段愛情故事，就像所有經典的愛情故事一樣，他們的故事也在地上留下血跡，清醒時只剩下待收拾的殘局。」此段文字點出情節主軸，然映入我眼中的文字「刺點」卻是：「血跡」，見血的愛情，源自於「母親」。作者傾全力描述了母親性格。但爲什麼要花費許多篇幅來描述母親「個性」，因爲從個性裡可看出母親對愛情的獨特之處。

「不先談談她，就無法告訴你我父親的故事，你要知道，是她造就及塑造了我父親，把他轉變成這樣的一個男人。」故事就這樣登場。

寫「母親」在其七、八歲大時，曾爲了找一隻被吉普賽人偷走的狗，而在半夜裡爬出房子，走好幾哩到吉普賽人的營區去要回她的狗，「她是如何走回家的……」，這段情節旋即嗅出這個母親是個「不一樣」的母親，她的內心住著另一個人，躲著一張不肯離去的臉，無法遺忘的臉。

這「母親」因心還有著「另一個愛人的秘密」因而牽動了故事的核心旨題：沒有結果的愛情讓人魂牽夢縈。這母親的一切帶著「謎」與「迷離」氣味：她原本無拘無束、熱情奔放，後來卻被尋常生活給困住而陷入絕望；她菸不離手，把自己丟在肥皀劇，直到六十歲時卻投向一輛朝她來的公車……。母親曾說，在她的人生中曾犯過一些錯誤，但是明白事情永遠不嫌太晚。

而父親則永遠叩問自己，不解愛情。「前一刻，她還是你認識且想要的女人，下一刻你卻有某種東西在不知不覺中轉變，愛情已然結束，外面的世界逐漸遠去……」

作者再次隱喻：我們的每段愛情都跟個性有關。所以當愛情不再來敲門時，我們別怨嘆際遇，因爲很可能是我們的「天性」把愛情給推得遠遠的，於是我們大多數人都是《眼中世界》裡的父親角色（而不是書中的母親角色，母親這個人物，在世故的成人世界是稀有的）。《眼中世界》是因愛而生的旅行故事，因追尋而驛動的尋根之旅。傷心的城市，也是讓人回憶的城市。深刻卻短命的愛情，注定被勾動，注定要被收藏在汪洋底層，使人難以忘懷的幻覺永遠存在於愛情的嚮往裡，愛情總是帶點乙醚效果，不能太清醒。

母親內心的愛情秘密是這場追尋之旅的動力，故事到了「一九四二」更是高潮迭起，「我」發現母親竟然曾經參與一九四二年暗殺蓋世太保首腦的計畫，且與捷克反抗軍進而譜出戀曲，敘事者我重回原生祖國，鄉愁早已是生命的一部分，也終於明白母親之所以「隱藏過去」是因爲只有這樣她才能度過「餘生」，「遺忘」是爲了「記憶」，「無情」即是「有情」。

《眼中世界》讓我重燃愛情的柴薪，以度逐漸世故平庸的人生，對愛情的嚮往恐怕是我這一代人已然逐漸冷卻的東西。《眼中世界》最挑我心的是寫到了深刻愛情所帶來的反撲性與破壞性，愛情是比戰爭還要讓人破碎且殘缺的精神震撼彈，一旦愛情死了，一個人的內在世界也就化成碎片了。書中的「母親」就是這樣，愛情是其魂魄，愛人一旦消失，也就魂飛魄散了。以虛構和想像重返過去，「我」藉著旅行進而重塑了母親的戰爭愛情，也重建了一整代人的戰火傷痕……

「沒有東西可以跟他們曾經擁有過的相媲美，單純只是因爲他們無法失而復得。並非他們失去的比在這裡找到的更好或更美，只是因爲他們曾經擁有的，現在都已經失去了。」史洛卡寫的愛情故事很不一樣，他認爲愛情是「無法失而復得」的，即使現在的愛情比失去的更美好，但依然無法取代「曾經擁有的」。

我總認爲，有人相愛的時候，就是有人幸福的時候。

倖存者只能藉回憶繼續生活，因爲他們知道深刻的愛情早已在心口生了根。愛情，當代人輕盈的字詞，在《眼中世界》重新被賦予了色彩，且作者以「愛情」秤出了整代人的重量。

這書裡的愛情讓人魂不守舍，呼喚愛情吧，只要你的心不死。

不論正常不正常，重要的是「誠實」

什麼才是心智正常？什麼又是不正常？我一直很疑惑。

讀畢《最後一場畫展》，我更確定藝術家是「美麗的精神病患」。他們看世界的角度不一樣，所以對待人情世故總有不同見解；他們陷入感情的深度通常夠深，因此也特別能習慣黑暗；他們的脆弱恰好就是他們的敏感處，也因此神經特別細碎……

打開書就看見安．薩克斯頓的詩，引用這位超感神經的女詩人作品當然是一種暗示與影射，安．薩克斯頓最後是穿上母親的衣服走向自殺的人。《最後一場畫展》的女主角芮秋也是擁有「自毀」性格的人，終生陷在黑暗深淵，但她和女詩人不同的是她仍然艱困地活了下來，和創作奮鬥，和黑暗掙扎。一生……冗長的一生，漫漫的長夜，無數次的自我獸鬥，無數次的黑暗囚籠，每打一戰都在生死存亡邊緣徘徊，可能上升，可能下墜，更可能萬劫不復，我每次都爲這樣認眞的人吸引，也爲很多走不出生命幽谷的人感傷。我也把自己投射到這部小說了。說來我喜歡的人都是帶有些社會適應不良症的怪咖，要不一定人格特質有某種雖千萬人吾往矣的「執著」，於是這也注定了我的命運。一開始作者讓這個著迷於顏色想成爲畫家的「芮秋」出場就很有意思，首先是芮秋在博物館，竟旁若無人地打開櫃子拿起一只藍白色小瓷碗，只爲了拿到光線下才能看清楚。

這是正常人不敢也不會做的事。

這本小說將畫畫者的癲狂與幻想、堅強和脆弱描述得十分入味。其中有句話讓我興味，就是在芮秋過世後，安東尼交給大兒子嘉斐爾一封母親芮秋寫的信。信是在他還很小的時候寫的，信中揭露了他不是安東尼的兒子，而是母親芮秋和藝術教授所懷的種。在芮秋的信裡，寫的結語是：「目前心智正常，愛妳的母親，芮秋·凱莉」，看到「目前心智正常」我莞爾一笑。

我也很想在我的小說書寫裡最後眉批：「在目前心智正常下所寫。」或者在我的愛情書寫裡最後眉批：「目前在失心瘋下喃喃自語。」不論正常或不正常，重要的是「誠實」。《最後一場畫展》不能沒有芮秋，也不能沒有安東尼，因爲他們各自代表的正是不正常／正常、黑暗／明亮、敏感／世故的兩個世界，這兩個世界其實也是每個人的一體兩面，只是有的人可以掩藏，有的人只能揭露。有的人正常多一點，有的人不正常少一些……但誰能說，哪個世界才正確？哪個世界才迷人？

《最後一場畫展》的開場就是芮秋生前的最後一場畫展，小說將畫展裡的畫家與看展者的心理寫得入木三分，簡直是說出了許多創作者的心聲。「最糟的是還會有那些狂熱分子，自封為是她畫迷的人，那些可怕的人，嘮嘮叨叨唸著該買這幅畫還是那幅畫，是樹還是葉……」所有的創作者都會遇到「誤讀」與「誤解」「誤看」的粉絲，許多的「誤」從粉絲口中輕易地被吐出，話傳到創作者耳裡，常常是尷尬而不知情緒該如何自處，是要感激還有粉絲？還是要悲哀粉絲是這樣「看」自己的作品啊？

故事不是按時間順序的線性發展而寫，也不是照主要人物來寫，有點像是撒豆式的寫法，每個人物都上場說些話，因此剛開始讀會稍緩慢。但一旦進入主要人物「芮秋」的內心世界，心情與目光旋即被抓住。接著，上場人物繁多，許多芮秋長大的孩子與芮秋的原生家庭陸續登場，這些人物環繞的不外都是芮秋，作者藉由許多支線深刻地描繪了這個讓我著迷的「芮秋」，彷彿芮秋是我的老朋友，我的幽魂，或者我的另一面……平庸或者不凡，都是我。

要活下去得迴避記憶的勾招

悼亡是人類自有書寫以來就存在的命題，一生都無可逃脫的旋律，纏繞在生者的聽膜，心總是無時無刻被回憶鉤痛得血肉模糊。

然而這類悼亡之書難寫，因爲寫不好就成了催人熱淚的濫情式，或是不痛不癢的濫情之書。甚者，悼亡之書還成了控訴命運的腔調，此是最讓我感到閱讀痛苦的一種悼亡書寫。

瓊·蒂蒂安的《奇想之年》用的是絕對的「靜筆」，一種簡約冷靜的細膩細節；並以其向來擅長的獨特視角，誕生了對死亡與回憶諸多的「奇思謬想」，這些奇思謬想恐怕才是對死亡丈夫之眞正回憶，因爲人的回憶其實不是直線發展的，而是迂迴曲折的，是意念紛飛的，是逆向背理的。就像蒂蒂安一心一意地認爲她的丈夫還會「再」回來。

除了這些背對死神的諸多奇想以及文筆吸引我外（譯者功力亦深），我覺得蒂蒂安的書寫讓我喜歡的理由還在於一種無與倫比的「眞實」感，這種眞實不是來自於「死者爲大」，而是來自於過去緊密生活所油生的細節懷想。有些悼亡書寫會讓我覺得是因爲「死亡」才提升增溫了他們的感情（可能生者還在世時，他們搞不好貌合神離或者彼此還搞外遇事件）——然一旦死亡喪鐘敲下，一切都開始轉爲美好了，一切的回憶都傾向於彌合缺口，這樣的書寫就是再好的文筆都讓我覺得少了「眞」。

蒂蒂安是寫作老將，又深受新聞工作與文化觀察的扎實訓練，她知道感情要透過時間「沉澱」，如此方能減化因悲傷過度而寫出的濫情書，但沉澱的時間也不能太久，畢竟記憶要趁猶新時來上色，才不會失之無味（時間畢竟也是回憶與悲傷的最大殺手）。同時，她採取倒敘和亂敘，以合乎記憶的軌道。在老公猝死之前，蒂蒂安其實已經習慣死神的陰影了，他們的獨生女徘徊死亡幽谷。《奇想之年》的另一支線是寫愛女生病狀態，夾在丈夫與愛女的死亡之下，蒂蒂安的書寫也見證其無比之韌性。

際遇賦予蒂蒂安寫出動人的安魂曲，以文字撼人的力量撫慰了人心。

我還發現到，這本書一直讓我讀來津津有味的原因在於蒂蒂安和其老公約翰·鄧恩的生活：他們不僅是愛侶也是伴侶，還是事業與心靈的知己。人間能有多少這樣

「三合一」的眷屬？如此具體的存在事實，加深了文本的厚度，於是再次使得蒂蒂安的書寫更添魅力。

我很喜歡：「我常把自己的夢境告訴約翰，不是爲了解夢，而是爲了擺脫，讓我哪天能心智清明。」這讓我想到人想要把秘密說出來就是爲了擺脫「獨有」的心情。更堪玩味是：「他過世之後，我不再做夢。」彷彿蒂蒂安做夢是爲了早晨和約翰分享。過了一段時日，蒂蒂安又開始做夢，後來的夢不再爲了分享而存在，卻更像面鏡子，照出了蒂蒂安的處境與心境：「把他給帶回來」，一切的一切都爲了將約翰再帶回人世。回憶的流沙是讓人失心瘋之故，要活下去得迴避記憶的勾招，生者用過之物或是常去之地，要避免再碰撞。蒂蒂安如是，她的寫作是寫個人對記憶的「奇想」，也寫普世人的共通經驗。但無論如何努力地去挖掘或者切深記憶的岩壁，眞正內在的瘋狂卻是無法寫出的。活者只能藉由自己的狂亂奇想世界，來告知他人其所經歷之苦痛與傷懷、甜美或荒謬。許多好書的誕生靠的是對時光的逆反與眞正去面對殘酷的死亡召喚與椎心之痛的分離。我敬佩創作者經歷過深邃的苦痛後還能持續寫出撼人之作，這樣的精神是狂而不狂，這樣的書寫是寫而未寫——保留的無盡餘韻，讓讀者也擁有自己的想像與情懷，此係眞正睿智。

抵抗精緻，
刺穿了人的心靈空洞

韋勒貝克是近年我會去追蹤何時出書的作者，我每一回都瞪大眼睛想要看看他又寫出了什麼驚人之作。他的作品有時看似在抵抗精緻，但其實他的筆力是再精緻不過了。他常將生命的大命題掩藏在中年男人的性哀傷與青春肉體溢出的甜美歡愉裡，對比複沓，一個意識勾一個意識，無窮無盡。筆下所凝視的總是切中「人類」這個物種的深深孤獨，與慾望報廢後的無盡荒涼。

韋勒貝克的文字和場景總約略帶著科技的金屬感，乍讀以爲是冰涼，然而一步一步地跟著韋勒貝克深入之後，卻總是被他那隱含在性與孤獨的「個體生命」奧義與重重剝開的力道駭到。

韋勒貝克時常是走得比當代的許多小

說家要遠要深，且這遠這深竟還能以「愛」和「繁殖」這樣的普遍命題爲書寫核心。也就是說韋勒貝克既寫出了小說故事的通俗性，卻又把這通俗性推到了哲學層次。同時之間，還讓讀者在閱讀時，偶爾也跟著筆端，一時竟就迷炫在性的甜美與恍惚裡，以及種種華麗繁複的心靈漩渦中。

《一座島嶼的可能性》奇特美妙之書。我已經很少看到讓我心動的長篇小說了，心動不在於出現好看的長篇小說，心動在於長篇小說的無盡實驗與長篇小說的無盡回味，還有那股揮之不去的想像與眞實之彼此掛鉤纏繞。

有誰可以眞正定義長篇小說該有什麼樣的技藝？有誰可以批判一本長篇小說毫無小說技藝可言？我比較傾向於長篇小說就像一棟巨大壯觀的建築，你不需要知道它怎麼蓋起來的，你只需要知道這棟巨大的建築是那樣地充滿吸引力，即使它的結構可能你搞不懂，即使它的出入口設計違反你的慣性思考。即使它的結構充滿扭曲，像高第建築般，它都無法不讓你看見它，且懾服它。

《一座島嶼的可能性》開宗明義：「有關一生的故事該怎麼寫，並沒有明確的指導原則。開頭可以選在任何一個時間點上，這就像人們欣賞繪畫時，第一眼可以落在一幅繪畫的任何一點上：重點則是，慢慢地整個輪廓都會呈現在我們面前。

這本長篇小說的寫法就是「可以落在一幅繪畫的任何一點上」，慢慢地讀著之後

「整個輪廓就會呈現在我們面前」。小說展現的就是有如高第建築般的搶眼特色，華麗迷眩，未來色彩極重，對人類心靈又充滿銳利的隱形批判。常常在華麗的閱讀高點下，它卻又忽然盪至感傷低徊。

小說初始，就一筆走到了揭露「主題」的奇幻書寫，這本書的未來感不是科幻小說式，而是借用當代科技產品的寓言式角度來層層剝開人心在慾望驅使下的真實渴望，科技誕生未來人，但是心靈結構卻仍是古老得有如才出土的玉質碎片。

「你們當中，誰配得到永生？」永生的字眼拉開了讀者的未來視野。接著是「我目前的化身在墮壞；我不認爲它還會維持很長的時間。我知道，在我的下一個化身中我將與我的同伴小狗福克斯重逢。」「化身」字眼來自於佛教的「化身、報身、法身」概念，「重逢」意涵著輪迴觀點。我在翻開前幾頁時，就幾乎肯定這本小說將觸及宗教，我以爲它是主題先行的小說，未料，這本小說到處都有伏筆與驚奇。直率的書寫與憂傷的內裡，更是使得這本小書充滿閱讀魅力。但可別以爲這書道德性很崇高，恰恰相反，它完全無視於道德性，它讓我想起米蘭·昆德拉在《小說的藝術》寫的：「讓小說終止在道德的花園前……，小說的道德在於認識與發現。」

這本小說的內蘊題旨非常高，觀點走得比許多小說家都還要遠。但是作者卻巧妙地以一個「諧星」與電影演藝圈的突梯生涯來嘲弄人的慾望；藉由一個秘教組織「伊羅欣派」來側寫那種因內心空洞而造成的荒謬「群聚效應」與「盲目教主崇拜」。小說的目光看到了未來，但卻非常深度立足於當代社會。由於諧星角色是個面臨中年之輩，迷戀年輕女色的色情哀傷細節也成了這本小說的敘述，這些細節讓閱讀時充滿內心的情懷勾動，因爲作者的凝視是如此的眞摯，其中有個段落「她穿了一條窄腿牛仔褲，低腰的，一件玫瑰色的緊身服，露著兩個肩膀。在她起身去點飲料的時候，我看見她內褲的細帶子，同樣也是玫瑰色的，從牛仔褲裡露了出來，我就一下子勃起來了。……」這樣的描述帶點「羅莉塔」的味道。

作者藉「這個諧星」談的其實是人生哲學，闡述的其實是既深且廣，有普羅次文化的思考也大量地在諷刺著唱高調的精緻文化，他一眼就看見：「春宮作品所有人都在這上面栽跟頭。迄今爲止，它們似乎在抵抗著精緻。」這本小說抵抗精緻，卻走到了比精緻還精緻的地步，刺穿了人的心靈空洞。

這空洞讓人連結到科技的終端。科技的未來感、科技的空洞感，種種都讓我在閱讀時讀到了人類深深的孤獨與慾望糾纏後的荒涼。敘述語言是如此地充滿著裝置性、表演性與異質性的冷調畫面（在說著土耳其語的鋼鐵廠吃著優酪乳的中年男人）。透過電腦視訊放送著強力感官感的文字，反而不帶色情地讓人讀到了瑪麗的深度哀傷。他藉著性器官來表達人類的感官經驗通往的是「荒廢的洞穴」。

米榭・韋勒貝克曾這樣形容自己：「我說過，我是一個充滿硫磺味的粗鄙作家。」硫磺味，意味著刺鼻，不討人喜歡。這句話眞誠地既書己懷又給自己的作品台階下。但我以爲韋勒貝克表面自鄙，實則他一點也不鄙，他非常清楚知道自己作品的爭議性，因此他需要以退爲進，先鄙夷自己好讓別人無法鄙夷他。

「她曾是我的幸福，但是她同時也曾是我的死神，這我從一開始就感覺出來了。」情色、慾望、孤獨、愛……是人的終端，也是科技發展的終端。誰配得永生？或者永劫？可敬的書寫者配得。他們撕裂了黑夜，打碎了恐懼的記憶，然後拼貼出愛欲的心之原貌。韋勒貝克充滿硫磺味，莒哈絲充滿魅惑毒氣，張愛玲充滿惘惘蒼涼，艾蜜莉充滿孤獨，托爾斯泰充滿神諭……可敬的書寫者，讓我冥思我該充滿什麼？

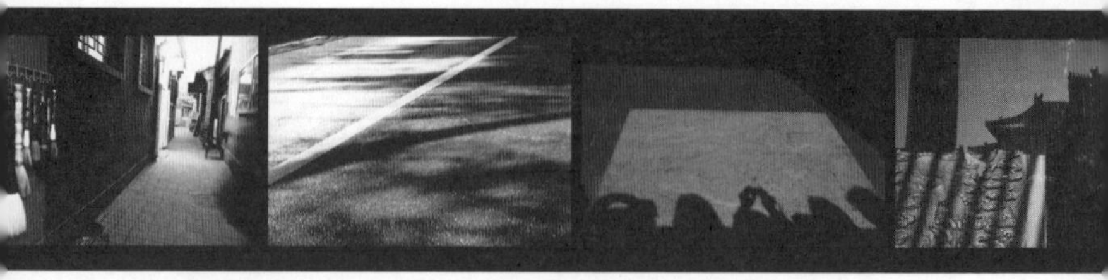

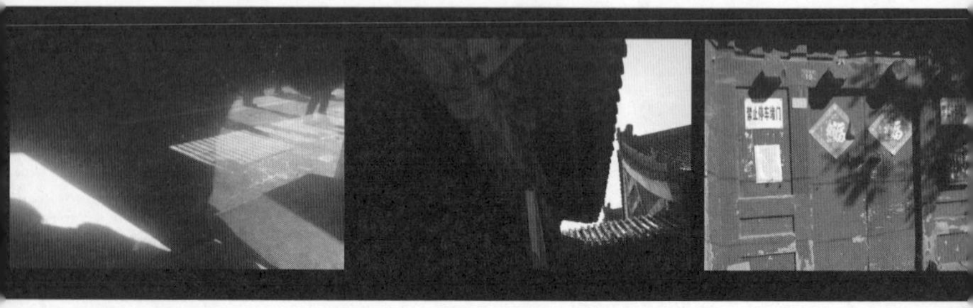

我的獨行，是為了進入人間作片刻停留的。
我享受孤獨，但不許你佔為己有。
在擁擠人群裏，心還能孤獨自處，也才能
和人在一起
很孤獨 ——。這一場戲，以你的車道而

我的影子變淡了。
因為我把自己躲藏起來——。

隱形的快樂大過於揭露。
但寫作卻是一種揭露。
如曝光在核輻線下的皮膚。
移植、發炎、潰爛……——為了
開出苦難之花」

為了讓靈魂前進，一切都必須退讓
但我被你牽掛著，牽掛著你
無法前進，只能在破碎的時間寫作
寫不完整、寫拼貼的長篇小說，寫不好好小說
但我甘於被你牽掛，即使你阻礙了我的前進
只因你是我唯一的牽掛了。——母親

割肉飼母
我割了一切時間反哺她
什麼能受批評的可能了，殘篇斷簡
無以為繼的靈糧作品
活著如像一首詩吧，留白，沈默，
多音多義，保有自己的荒漠也
好。

我虧欠愛我的人甚多
即使這種虧欠已由寫作償還
已是無悔可贖的虧欠。

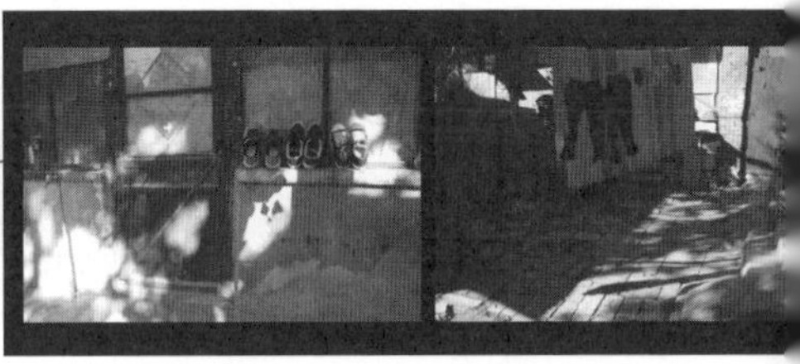

~~暗室微光~~
一個人的孤獨卻和神界連通了
這是我愛世界的方式，寫作。
你聽過夜晚盛夏的蟬鳴
那會使你失眠，喜悅的不入眠。
有些書寫即是夜蟬。

由於你的感召渴望，我從遠方旅行而來。
我的身體因此遍處傷痕，重疊枯竭撐傷。
但我畢竟前來，向你展示我的靈光，意志
或者無以名之的一切種種。
作者願意為可敬的讀者們旅行思想與生活的險境

國家圖書館出版品預行編目資料

暗室微光／鍾文音著.——初版——臺北市：
大田，2012.03
面；公分.——（智慧田；101）

ISBN 978-986-179-239-2（平裝）

855　　　　　　　　　　　100027318

智慧田 101

暗室微光

作者：鍾文音

出版者：大田出版有限公司
台北市106羅斯福路二段95號4樓之3
E-mail：titan3@ms22.hinet.net
http：//www.titan3.com.tw
編輯部專線（02）23696315
傳真（02）23691275
【如果您對本書或本出版公司有任何意見，歡迎來電】
行政院新聞局版台業字第397號
法律顧問：甘龍強律師

總編輯：莊培園
主編：蔡鳳儀　編輯：蔡曉玲
行銷企劃：黃冠寧　網路企劃：陳詩韻
美術設計：好春設計陳佩琦
校對：謝惠鈴／蘇淑惠／陳佩伶
承製：知己圖書股份有限公司・（04）23581803
初版：2012年（民101）三月三十日
二刷：2012年（民101）三月三十一日
定價：新台幣 350 元

總經銷：知己圖書股份有限公司
（台北公司）台北市106羅斯福路二段95號4樓之3
電話：（02）23672044・23672047・傳真：（02）23635741
郵政劃撥：15060393
（台中公司）台中市407工業30路1號
電話：（04）23595819・傳眞：（04）23595493

國際書碼：ISBN 978-986-179-239-2 / CIP：855 / 100027318
Printed in Taiwan

廣 告 回 郵
北區郵政管理局登記證北台字1764號
免 貼 郵 票

From：地址：

姓名：

To：**大田出版有限公司　編輯部收**

地址：台北市 106 羅斯福路二段 95 號 4 樓之 3
電話：(02) 23696315-6　傳真：(02) 23691275
E-mail：titan3@ms22.hinet.net

＊請沿虛線剪下，對摺裝訂寄回，謝謝！

大田精美小禮物等著你！

只要在回函卡背面留下正確的姓名、E-mail和聯絡地址，
並寄回大田出版社，
你有機會得到大田精美的小禮物！
得獎名單每雙月10日，
將公布於大田出版「編輯病」部落格，
請密切注意！

大田編輯病部落格：http：//titan3.pixnet.net/blog/

智慧與美麗的許諾之地

wawa劉瑞琪◎繪圖

我但願我老了，
還能愛，
還有溫度。
——鍾文音

*請沿虛線剪下，對摺裝訂寄回，謝謝！

讀 者 回 函

你可能是各種年齡、各種職業、各種學校、各種收入的代表，
這些社會身分雖然不重要，但是，我們希望在下一本書中也能找到你。
名字／＿＿＿＿＿＿ 性別／□女 □男 出生／＿＿＿年＿＿＿月＿＿＿日
教育程度／
職業：□ 學生□ 教師□ 內勤職員□ 家庭主婦 □ SOHO族□ 企業主管
□ 服務業□ 製造業□ 醫藥護理□ 軍警□ 資訊業□ 銷售業務
□ 其他＿＿＿＿＿＿＿＿＿＿＿＿＿＿＿＿
E-mail/＿＿＿＿＿＿＿＿＿＿＿＿＿＿＿ 電話／＿＿＿＿＿＿＿＿
聯絡地址：
你如何發現這本書的？ 書名：暗室微光
□書店閒逛時＿＿＿＿書店 □不小心在網路書站看到（哪一家網路書店？）＿＿＿＿
□朋友的男朋友(女朋友)灑狗血推薦 □大田電子報或編輯病部落格 □大田FB粉絲專頁
□部落格版主推薦 ＿＿＿＿＿＿＿＿＿＿＿＿＿＿＿＿
□其他各種可能 ，是編輯沒想到的 ＿＿＿＿＿＿＿＿＿＿＿＿
你或許常常愛上新的咖啡廣告、新的偶像明星、新的衣服、新的香水……
但是，你怎麼愛上一本新書的？
□我覺得還滿便宜的啦！ □我被內容感動 □我對本書作者的作品有蒐集癖
□我最喜歡有贈品的書 □老實講「貴出版社」的整體包裝還滿合我意的 □以上皆非
□可能還有其他說法，請告訴我們你的說法

＿＿＿＿＿＿＿＿＿＿＿＿＿＿＿＿＿＿＿＿＿＿＿＿＿＿＿＿＿＿
你一定有不同凡響的閱讀嗜好，請告訴我們：
□哲學 □心理學 □宗教 □自然生態 □流行趨勢 □醫療保健 □ 財經企管□ 史地□ 傳記
□ 文學□ 散文□ 原住民 □ 小說□ 親子叢書□ 休閒旅遊□ 其他 ＿＿＿＿＿＿＿
你對於紙本書以及電子書一起出版時，你會先選擇購買
□ 紙本書□ 電子書□ 其他＿＿＿＿＿＿＿＿＿＿＿＿＿＿＿＿＿＿
如果本書出版電子版，你會購買嗎？
□ 會□ 不會□ 其他＿＿＿＿＿＿＿＿＿＿＿＿＿＿＿＿＿＿＿＿
你認為電子書有哪些品項讓你想要購買？
□ 純文學小說□ 輕小說□ 圖文書□ 旅遊資訊□ 心理勵志□ 語言學習□ 美容保養
□ 服裝搭配□ 攝影□ 寵物□ 其他 ＿＿＿＿＿＿＿＿＿＿＿＿＿＿＿
請說出對本書的其他意見：

大田出版有限公司編輯部 感謝您！